*Geschichten zum nachDENKEN*

# 2 Herzen

Bibliografische Information der Deutschen Nationalbibliothek:
Die Deutsche Nationalbibliothek verzeichnet diese Publikation
in der Deutschen Nationalbibliografie; detaillierte Daten sind
im Internet über http: // dnb.dnb.de abrufbar.

© Stephanie Hilger
www.stephanie-hilger.com

Lektorat: Elsa Rieger
www.elsarieger.at

Illustrationen: Sina Beyer
www.sinas-hobby-atelier.de

Herstellung und Verlag:

BoD - Books on Demand, Norderstedt

## Vorwort

Die Liebe erträgt alles, sie glaubt alles, sie hofft alles, sie duldet alles. Die Liebe hört niemals auf. (1. Kor.13, 7+8a)

Diese Worte werden die meisten aus der Kirche kennen. Selbst vielen Nichtkirchengängern sind diese zwei Sätze aus einer Predigt, die bei den meisten Trauungen gewünscht wird, ein Begriff.

Doch welche Bedeutung haben diese Wörter?

Wie viel bist du bereit, für die Liebe zu geben?

*Dieses Buch ist für all jenes, dass ich loslassen musste, um Platz für Neues zu schaffen.*

*Für all die, die ich loslassen musste, um neue Menschen in mein Leben zu lassen!*

## Flughafen München

Unsicher blickte ich mich um, stellte aber zu meiner Erleichterung fest, dass sich manche Dinge nie ändern. Der Flughafen sah genauso aus, wie ich ihn in Erinnerung hatte.

Wenn auch meine körperliche Fitness mittlerweile etwas eingeschränkt war, mein Geist funktionierte zum Glück tadellos. Da stand ich also. Ich trat von einem Bein auf das andere, um nach der langen Fahrt die Steifheit in meinen Gliedern zu lösen. Mit meinen fünfundfünfzig Jahren ging manches nicht mehr so einfach, wie zu der Zeit, als ich ein junges Ding war.

Zwar hatte ich ewig Zeit gehabt, mich mit dem Gedanken abzufinden, älter zu werden. Denn es ist zum Glück nicht so, dass man eines Morgens aufwacht und um zwanzig Jahre gealtert ist. Das machte es jedoch nicht unbedingt einfacher. Deshalb ärgerte ich mich manchmal, weil mein Körper mit meinem Geist nicht mehr mithalten konnte.

Ich streckte mich in der Hoffnung, dass ich dadurch fitter werden würde und mir entfuhr ein lautes Gähnen. Peinlich berührt schaute ich um mich, stellte aber zu meiner Erleichterung fest, dass mich niemand gehört hatte. Ich fragte mich immer wieder, was ich hier überhaupt suchte. Ungläubig schaute ich auf meine zwei Koffer neben mir. Während ich

5

ganz in Gedanken meinen Zweifeln über das Älter-
werden nachhing, setzte sich die Schlange am
Schalter in Bewegung. Ich würde die Nächste sein.
Mit schweißnassen Händen umklammerte ich mein
Flugticket, während ich hoffte, dass er gekommen
war. Doch wie es aussah, wurde ich wieder einmal
enttäuscht.

Ich dachte zurück an den Tag, an dem alles begonnen hatte. Dieser Tag war nun genau vierzig Jahre
her, aber es fühlte sich an, als wäre es erst gestern
gewesen.

# Kapitel 1

## An einem schwülen Sommertag

## im Jahr 1973

Seit unserem Umzug waren genau zwei Wochen vergangen. So ein Tapetenwechsel schlägt einem aufs Gemüt, erst recht, wenn man gerade erst sechzehn geworden ist und lieber mit Freunden abhängen würde, anstatt an einem völlig fremden Ort von vorne beginnen zu müssen.

Ich war von Anfang an gegen diese Schnapsidee gewesen, aber meine Eltern waren nicht umzustimmen. Wenn man in einer Stadt wie München aufgewachsen ist, gewöhnt man sich zwangsläufig an den Lärm und die Massen an Menschen, auf die man überall trifft. Die Stille an diesem Ort, der nun meine Heimat werden sollte, kam mir dagegen beängstigend vor.

Seit dem Tag unserer Ankunft war ich damit beschäftigt, den Inhalt der Umzugskartons auszupacken, um mit den mir vertrauten Gegenständen wenigstens ein bisschen Geborgenheit in meinem kleinen Reich zu schaffen. Meine Eltern taten es mir gleich und so hielten sich die üblichen Streitereien in Grenzen.

Außerdem wusste ich, dass es sinnlos war, wieder eine Diskussion zu beginnen. Sie würde wie fast jedes Mal zu keinem Ergebnis führen, weil wir verschiedener Ansichten waren.

Als mir meine Eltern verkündeten, dass wir innerhalb kürzester Zeit an einen anderen Ort ziehen werden, bin ich, sprichwörtlich aus allen Wolken gefallen. Auch für die Argumente meines Vaters, dass es beruflich nicht anders möglich sei, hatte ich kein Verständnis. In der Stadt hatte er einen guten Posten als Polizist. Soweit ich das mitbekam, sogar in einer gehobenen Position. In dem Dorf, das sich unweit von unserer neuen Heimat befand, musste er noch einmal ganz von unten anfangen.

Das machte für mich alles keinen Sinn. Schon alleine deswegen wäre es besser gewesen, in München zu bleiben. Außerdem fing ich gerade an, mich für Jungs zu interessieren, ging seit dem letzten Schuljahr auf ein Internat, in das ich mich mittlerweile gut eingelebt und viele Freunde gefunden hatte. Und jetzt musste ich all das eintauschen für ein Leben auf dem Land!

In dem alten Bauernhaus, das meine Eltern gekauft hatten, gab es nicht einmal ein Telefon. Ein Zustand, der mir bis dato völlig fremd war.

Sogar rein äußerlich unterschieden sich die Stadtmenschen von den Landmenschen. Als ich den Koffer mit den Klamotten auspackte, musste ich an das Mädchen denken, das mir wenige Tage nach der Ankunft über den Weg gelaufen war. Die könnte sich von meinem Geschmack einiges abschauen, schmunzelte ich selbstsicher. Überhaupt würde ich es denen zeigen. Für mein Alter war ich recht selbstbewusst und offen gegenüber neuem. Mir machte man nicht so leicht etwas vor. Der Gedanke daran, dass ich bestimmt bald Freundschaften schließen würde, beruhigte mich halbwegs.

Ich ließ mich ins Bett fallen, schloss die Augen und dachte an mein altes Leben. Wie rasch sich alles verändern konnte. Noch ganz in Gedanken nahm ich die Stimme meiner Mutter wahr. Zuerst nur ganz leise, je öfter sie nach mir rief, desto lauter wurde sie.

„Rebecca, wo bleibst du denn?", mahnte sie zum gefühlt hundertsten Mal. Erschrocken öffnete ich die Augen. Jetzt fiel mir der Grund ihres Drängens ein. Wir sollten das Dorffest besuchen! Wie langweilig.

„Keinen Bock, geht ohne mich", schrie ich zurück.

„Kommt überhaupt nicht in Frage, los jetzt. In fünf Minuten gehen wir."

Ich kannte meine Mutter und wusste, dass dieser Ton keine Widerrede duldet. Also musste ich mich wohl oder übel wieder einmal ihrem Willen beugen. Ich hatte es so satt, das sie immer über meinen Kopf hinweg Entscheidungen traf. Mit meinen sechzehn Jahren war ich alt genug, um zumindest, was meine Freizeitgestaltung anbelangt, alleine zu bestimmen, wo es langgeht. Bockig und schlecht gelaunt stampfte ich die Treppe hinunter in die Küche. Meine Eltern waren bereits draußen und ich konnte durch das Fenster sehen, das sie langsam ungeduldig wurden. Mein Vater trat von einem Bein auf das andere und schaute dabei auf seine Uhr. Es hatte keinen Sinn, unnötig ihre Gemüter anzuheizen, deshalb ging ich, nachdem ich noch einen Schluck getrunken hatte, ebenfalls hinaus.

„Na, hat sich das Fräulein endlich dazu durchringen können, zu erscheinen?" Mein Vater war gereizter, als ich angenommen hatte.

„Jetzt bin ich ja da", antwortete ich mürrisch.

„Streitet nicht schon wieder, lasst uns jetzt endlich gehen. Ich habe Hunger", sagte Mutter und hakte sich bei mir unter, während mein Vater schlecht gelaunt hinterher ging.

Wie ich diese Familienausflüge hasste. In München war das jedes Mal das gleiche Theater. Sobald wir in Sichtweite der anderen waren, machten wir einen auf heile Familie. Aber das waren wir schon lange nicht mehr. Tagein, tagaus wurde gestritten.

Die Arbeit meines Vaters war sehr stressig, was er mich und Mutter oft spüren ließ. Er war dann oft schlecht gelaunt und jeder Versuch, ein normales Gespräch mit ihm zu führen, scheiterte. Mit der Zeit habe ich erkannt, dass es besser ist, wenn ich den Kontakt mit ihm so gut wie möglich meide. Also verzog ich mich nach der Schule sofort in mein Zimmer oder zu Freunden. Viel redeten wir nicht mehr miteinander und so bot ich ihm immer seltener eine Angriffsfläche. Wenn Vater nicht zu Hause war, konnte man es mit meiner Mutter recht gut aushalten. Sie summte oft vor sich hin und auch, wenn ich mies drauf war, schaffte sie es damit meistens, mir ein Lächeln zu entlocken. Ich mochte sie. Ja, das tat ich wirklich. Sie hatte ein großes Herz. Trotzdem wollte ich nicht so werden wie sie. Viel zu sehr richtete sie sich nach den Anschauungen meines Vaters. Oft kam es mir so vor, als wäre sie gar kein eigenständiger Mensch.

„Jörg, Mariella, da seid ihr ja endlich", rief uns von Weitem der Vorstandsvorsitzende und damit Ausrichter der Veranstaltung zu. Meine Eltern hatten sich gleich nach dem Tag unserer Anreise mit den Dorfbewohnern bekannt gemacht. Trotzdem überraschte es mich, wie vertraut sie miteinander wirkten.

„Das dauert immer bei uns", sagte mein Vater mit einem herablassenden Blick auf mich. Dann vertiefte er sich in ein anregendes Gespräch mit ihm.

„Ich geh zu den Frauen und frag, ob ich ihnen helfen kann, okay Rebecca?", fragte meine Mutter, ohne wirklich eine Antwort zu erwarten.

„Ja, klar, lasst mich nur alleine." An meiner Laune hatte sich nichts geändert und das ließ ich sie durch meinen Tonfall spüren.

„Sei bitte nicht so, du bist ja kein kleines Kind mehr. Du musst nicht an meinem Rockzipfel hängen", gab sie zurück und ging hinüber zu den anderen. Das war wieder einmal typisch. Zuerst schleiften sie mich hierher und jetzt nahm sich niemand meiner an. „Ich hätte ebenso gut zu Hause bleiben können", murmelte ich und kickte verärgert Steinchen über den Boden.

Aber da ich jetzt schon mal hier war, wollte ich das Beste aus der Situation machen. Neugierig blickte ich mich um. Soviel ich bisher in Erfahrung bringen konnte, gab es außer mir nur wenige Mädchen in meinem Alter, dafür aber viele Jungs, die älter waren. Mich einfach zu ihnen zu stellen, das traute ich mich nicht. Deshalb blieb ich auf Abstand und überlegte, wie ich mir die nächsten Stunden vertreiben könnte.

Ich muss ziemlich doof ausgesehen haben, wie ich da so alleine rum stand. Denn plötzlich bemerkte ich, wie einige der Jungs immer wieder kurz zu mir rüber schauten und dann die Köpfe zusammensteckten und redeten. Ich spürte, dass ich knallrot wurde. Verlegen blickte ich zu Boden. Sie machten sich bestimmt über mich lustig. Ich ärgerte mich über mich selber. Dass es womöglich mein Aussehen war und nicht meine Unbeholfenheit, womit ich ihre Aufmerksamkeit erregte, daran dachte ich keinen Augenblick.

Um der Peinlichkeit zu entgehen, beschloss ich, mich im Zelt zu meiner Mutter zu gesellen. Sie war mittlerweile hinter der Kuchentheke und freute sich über meine Unterstützung. Ich war froh, einer Beschäftigung nachgehen zu können. Der Nachmittag verging recht zügig. Weil es am frühen Abend zu regnen anfing, war es drinnen recht voll und es gab eine Menge Arbeit. Als die Dämmerung einsetzte, hörte es endlich auf zu regnen, und die Leute strömten nach draußen. Meine Mutter machte eine Pause, der ich mich anschloss. Bevor ich mir eine Stärkung holte, musste ich noch dringend. Ich konnte diese Dixiklos nicht ausstehen, deshalb suchte ich nach einer dunklen Stelle am Ende des Parkplatzes, der gefüllt mit Autos war.

Der Weg dorthin war nur schwach von einer entfernt stehenden Laterne beleuchtet und ich hatte Mühe, in keine der Wasserpfützen zu treten.

Plötzlich zuckte ich zusammen, weil ich einen Schatten bemerkte, den jemand warf. Es war zu dunkel, um zu erkennen, ob es sich um eine Frau oder einen Mann handelte. Irgendetwas in mir sagte, „komm, dreh um." Die andere Stimme in mir meinte jedoch, „was soll dir schon passieren, sei nicht so feige." Und so ging ich zögernd mit kleinen Schritten weiter. Als ich ein paar Meter von der Gestalt entfernt war, atmete ich erleichtert auf. Es war ein Junge aus dem Dorf, der lässig an einem Auto lehnte.

„Na, was treibt dich alleine auf den Parkplatz?", fragte er mich neugierig. Er klang bei Weitem nicht so cool wie erwartet. Fast ein bisschen schüchtern.

Trotzdem war ich mit der Situation überfordert und antwortete deshalb knapp: „Was geht's dich an?!"

„Mein ja nur", sagte er beleidigt.

„Ich muss mal. So, jetzt weißt du es, besser?"

Er musste lachen.

„Kannst du diese Klos auch nicht ab?"

„Die sind schrecklich", stimmte ich zu. Für ein paar Sekunden, die mir aber viel länger vorkamen, herrschte Schweigen.

„Ich habe dich hier noch nie gesehen, schade", unterbrach er die Stille. Das *schade* war kaum zu hören, so leise sprach er. Ich wusste nicht, wie ich diesen Satz einschätzen sollte. Was wollte er von mir? Doch auf einmal, ohne Vorwarnung, packte mich der Junge, dessen Namen ich nicht einmal kannte, und trug mich die paar Meter zum Ende des Parkplatzes. Ich war so perplex, dass ich nicht widersprechen oder mich zur Wehr setzen konnte. Dort angelangt setzte er mich sanft ab. Nun standen wir uns direkt gegenüber. Zärtlich strich er eine Locke zur Seite, die mir ins Gesicht hing. „Du bist wunderschön. Ich würde dich gerne öfter auf Händen tragen. Wenn du das willst." Dabei schaute er mir tief in die Augen und küsste mich. Mitten auf den Mund. Mir wurde schwindlig und ich suchte Halt an einem Auto hinter mir, schloss die Augen.

*Mit einem Mal war es hell um uns herum. Vögel zwitscherten und Gräser wiegten sich im Wind.*

14

*Seine Hände wanderten hinab auf meine Hüften und wir tanzten zu den Klängen der Natur. Unser eigenes Lied. Eine Melodie, die sonst niemand wahrnahm. Wir drehten uns im Kreis und küssten uns inniger. Dann schoben sich dunkle Wolken vor die Sonne und es fing zu regnen an.*

Genau so plötzlich, wie er meine Lippen berührt hatte, löste er sich wieder von mir. Ich öffnete die Augen und registrierte benommen, dass ich mich noch immer auf dem tristen Parkplatz befand. Ohne mir den Hauch einer Chance zu geben, etwas zu sagen, wandte er sich ab und ließ mich verwirrt und sprachlos zurück.

Die nächsten Tage verbrachte ich wie in Trance. Ich konnte nur an diesen Jungen denken. An seine tiefblauen Augen, die sogar in der Finsternis strahlten, und an seinen Geruch, der sich seit dem Kuss in meiner Nase festgesetzt hatte. Es war, als wäre ich an diesem Abend verzaubert worden. Dieser Abend – dieser eine Moment. Wie sehr wünschte ich mir, ihn noch einmal erleben zu dürfen. Wenn ich doch die Zeit zurückstellen könnte, um immer wieder diesen einen Kuss zu bekommen.

Meinen Eltern fiel natürlich auf, dass ich seit dem Dorffest anders war. Vater war es ganz recht, dass ich mich noch mehr zurückzog. Meine Mutter aber war skeptisch und obwohl sie meist versuchte, sich ihre Gefühle nicht anmerken zu lassen, schien sie mir besorgt.

In den nächsten Tagen verbrachte ich die meiste Zeit in meinem Zimmer. Einerseits war da das Verlangen nach diesem Jungen, auf der anderen Seite hatte ich schreckliches Heimweh. Ich vermisste meine Freunde und verfluchte diesen Ort, zu dem die Erfindung des Telefons anscheinend noch nicht durchgedrungen war.

Eigentlich hatte ich mir vorgenommen, die Gegend gleich nach der Ankunft zu erkunden. Aber ein Blick aus dem Fenster reichte aus, um das gesamte Dorf zu überblicken. Ich zählte die Häuser und endete bei dreizehn. Nicht gerade meine Glückszahl, stellte ich ernüchtert fest. Die Häuser waren von Feldern umgeben, die an einen Wald grenzten. Von unserer Anreise her wusste ich, dass sich davor ein weiteres, größeres Dorf befand. Dort würde ich bald zur Schule gehen müssen.

Nachdenklich stützte ich mein Kinn auf meine verschränkten Arme, während ich noch immer die Gegend beobachtete. Ich hoffte, dass der Junge in diesem Dorf wohnen würde. Sonst stünden die Chancen gering, dass ich ihn so bald wiedersehen würde. Sehnsucht machte sich breit. Um auf andere Gedanken zu kommen, stand ich auf und griff nach einem Buch. Ich warf mich auf das Bett und begann zu lesen.

Und so verstrichen die Tage, ohne dass etwas Aufregendes passierte.

Abends, es war nun genau eine Woche seit dem Fest vergangen, klopfte es an die Zimmertür. „Rebecca, darf ich reinkommen?", fragte meine Mutter höflich.

„Logo", antworte ich knapp. Langsam öffnete sie, trat zögernd ein und schloss sie wieder. Ich lag schon im Bett. Weil es in meinem Zimmer sonst keine Sitzmöglichkeit gab, setzte sich meine Mutter zu mir auf den Bettrand. Ich stopfte das Kissen hinter meinen Rücken, um aufrechter zu sitzen.

„Du hast doch was auf dem Herzen", meinte sie. Ich wusste nicht recht, was ich darauf erwidern sollte. Ich vertraute meiner Mutter. Aber ihr die ganze Wahrheit sagen, dazu war ich nicht bereit. Wusste ich ja selber nicht wirklich, was mit mir gerade passierte. Deshalb entschloss ich mich dazu, ihr nur einen Teil des Ereignisses zu erzählen.

„WEIL ICH OHNE
NACHZUDENKEN
IMMER AN DICH
DENKEN MUSS „

## Kapitel 2

„Die Sache ist eindeutig, Rebecca. Du hast dich verliebt."

Ich schaute sie aus großen Augen an und wollte gerade widersprechen, da redete sie schon weiter: „Aber muss es den ausgerechnet dieser Junge sein?" Obwohl ich ihr nur knapp geschildert hatte, um wen es sich handelte und dass ich nicht einmal seinen Namen kannte, wusste sie sofort, wen ich meinte.

„Er ist nicht unbedingt der, den ich mir für dich wünsche." Auf ihrer Stirn bildeten sich Falten.

„Was hast du dir denn vorgestellt?", erwiderte ich wütend. Hätte ich es bloß für mich behalten. Mutter senkte den Kopf. Ein paar Minuten lang saßen wir einfach nur da. Ich wusste nicht, was in ihr vorging. Aber ich konnte ihr ansehen, dass sie angestrengt über etwas nachdachte. Und mit einem Mal wurden ihre Gesichtszüge ganz weich.

„Wo ist die Zeit geblieben. Mein großes Mädchen ist zum ersten Mal verliebt." Wieder schaute ich sie nur an, ohne irgendetwas zu erwidern. Ich konnte ihr unmöglich einfach so zustimmen. War ich wirklich verliebt? War es das, was mich nicht mehr ruhig schlafen ließ? Bekam ich den Geruch dieses Jungen deswegen nicht mehr aus meiner Nase? Musste ich deshalb immerzu an ihn denken? Ich fühlte mich ertappt. „Und jetzt? Was soll ich jetzt ma-

19

chen?", sagte ich spontan, brach aber sofort ab, als ich bemerkte, dass ich gerade laut dachte. Ich blickte auf meine Hände, mit denen ich nervös die Bettdecke bearbeitete, um Mutter nicht in die Augen sehen zu müssen.

„Das musst du selber wissen. Ich lasse dich nicht gerne in dein Unglück laufen, Rebe!"

Ich fiel ihr ins Wort. „Was du immer hast, wieso denn Unglück, du sprichst in Rätseln. Sag einfach, was dir an diesem Jungen nicht passt", sagte ich ärgerlich. Gleichzeitig fiel mir auf, dass ich jemanden, den ich nicht einmal kannte, verteidigte. In diesem Moment fing ich an, für ihn und um ihn zu kämpfen.

Mutter schüttelte den Kopf und sagte: „Manche Erfahrungen muss man selber machen. Davor kann ich dich nicht beschützen. Aber bitte pass auf dich auf. Du bist so jung." Dann drückte sie mir einen Kuss auf die Stirn, drehte sich weg und richtete sich auf. Ohne sich noch einmal zu mir umzudrehen, ging sie schweigend hinaus und schloss lautlos die Tür hinter sich. Ich war mir nicht sicher, glaubte jedoch, eine Träne auf ihrer Wange gesehen zu haben.

Da saß ich nun und konnte wieder nur an diesen Jungen denken. Durch die Worte meiner Mutter verstärkte sich die Sehnsucht nur noch. „Ich werde herausfinden, was du mir verheimlichst und dann beweise ich dir, dass du nicht recht hast." Fest entschlossen ballte ich meine Hände zu Fäusten. „Ich muss dich einfach finden", jetzt noch mehr als vorher. Er war etwas Besonderes, dessen war ich mir sicher.

Die Tage vergingen und schneller als erwartet, war der Schulbeginn gekommen.
Die Nacht davor fand ich wieder keinen Schlaf. Jedes andere Mädchen hätte sich Gedanken um die Klassenkameraden und Lehrer gemacht. Aber meine drehten sich ausschließlich um diesen Jungen.
Am nächsten Morgen zog ich meine neue enge, schwarze Hose an, die ich von meiner Tante geschenkt bekommen hatte. Dazu trug ich ein knallrotes Oberteil, das meine Vorzüge ins rechte Licht rückte. Passend zu dem Top wählte ich die Farbe des Lippenstiftes und trug dezent Mascara auf. Die Haare ließ ich offen. Ich liebte meine langen lockigen Haare, die mir bis weit über die Schulter fielen.
Leise schlich ich mich in das Schlafzimmer meiner Eltern, wo der einzige große Spiegel im Haus stand, in dem ich mich von Kopf bis Fuß betrachten konnte. Ich drehte mich im Kreis und stellte mich auf die Zehenspitzen, um optisch größer zu wirken. „Hm, vielleicht würde mir Mama heute ihre schwarzen Pumps leihen. Die würden bestimmt fabelhaft dazu aussehen", murmelte ich vor mich hin.
Als ich hinausgehen wollte, fiel mein Blick auf die offene Schublade im Nachttisch meines Vaters. Er

war penibel, was solche Dinge anbelangte. Deshalb freute ich mich insgeheim, dass auch er einmal etwas vergaß. Aber ich wollte mal nicht so sein und ging hin, um sie zu schließen. Gerade als meine Hand den Griff der Schublade berührte und ich den Oberkörper vorbeugte, erblickte ich den Inhalt: das Bild einer fremden Frau. Zugegeben, einer recht hübschen Frau. Entsetzt betrachtete ich es. „Was hat das Foto einer mir unbekannten Frau hier zu suchen?", fragte ich mich. Mir gefiel die Vorstellung ganz und gar nicht. Natürlich, Vater war manchmal ziemlich aufbrausend, aber nicht der Typ Mann, der Mama mit einer anderen betrügt. Ich überlegte, ob ich es nehmen und ihn einfach fragen sollte, da rief meine Mama nach mir: „Rebecca, ich wäre so weit. Lass uns fahren. Du willst doch an deinem ersten Tag nicht unpünktlich sein." Widerwillig löste ich den Blick von dem Foto und ging. Die Schublade ließ ich offen. Das Risiko, von meinem Vater darauf ange-sprochen zu werden, erschien mir zu groß.

Meine Mutter stand in der Küche und starrte mich mit großen Augen an: „Du siehst toll aus."

„Danke Mama", sagte ich nicht ohne Stolz. „Du Mama?"

„Was hast du denn, Rebecca?", fragte sie neugierig.

„Du hast so tolle schwarze Pumps, würdest du mir die für heute leihen?"

„Natürlich, sag das doch gleich!" Sie lachte erleich-tert auf. „Aber bist du dir sicher, dass das der richtige Aufzug für die Schule ist?", bemerkte sie skeptisch. „Wir sind hier auf dem Land."

Ich zuckte mit den Achseln. Meinem Selbstbewusstsein war es zu verdanken, dass mir egal war, was andere von mir dachten. Also zog ich sie an und wir gingen rasch zum Auto. Es war mittlerweile schon fast acht Uhr. Ich hatte wohl wirklich zu lange herumgetrödelt. Aber heute war ja schließlich mein erster Tag. Da konnte ich schon mal von den anderen verlangen, dass sie auf mich warteten.

Die Schule befand sich nicht weit von unserem Haus entfernt. Nach einigen Minuten waren wir am Ziel. Während der Autofahrt blieb keine Zeit zu reden und ich war froh darüber, dass meine Mutter keine Fragen stellen konnte.

Ich dachte sowieso nur an eines – und das war er.

Sie parkte direkt vor der Schule.

„Damit du dich nicht verläufst." Aufmunternd nickte sie mir zu, als sie bemerkte, dass ich keine Anstalt machte, auszusteigen.

„Du bist schon spät dran, mach jetzt," forderte sie mich erneut auf. Auch wenn mein Auftreten nach außen hin sicher wirkte, innen drin war mir ganz anders zumute. Die Nervosität kroch in mir hoch und ich war nicht fähig, etwas zu erwidern. Ich verabschiedete mich und ging Richtung Eingang. Die Glocke, die den Unterrichtsbeginn anzeigte, ertönte bereits und so strömten alle vom Gelände vor der

Schule hinein. Ich schob mich gerade an ein paar Mädchen vorbei, da tippte mir jemand auf die Schulter. Ich brauchte mich nicht umzudrehen. Ich wusste sofort, dass er es war. In dem Moment, als mich seine Hand berührte, machte sich wieder ein herrlich warmes Gefühl in mir breit. Gemischt mit einem Kribbeln, das auf meinem ganzen Körper eine Gänsehaut verursachte. Es war mir, als wäre ich vom Blitz getroffen worden. Ja, nur so konnte ein Stromschlag sich anfühlen.

„Du hier?", flüsterte er mir ins Ohr und legte dabei eine Hand auf meine Hüfte. Genau jetzt hätte ich zum zweiten Mal die Zeit anhalten wollen. Seinen Atem in meinem Nacken zu spüren, fühlte sich an, als würde ich nackt durch den Nebel laufen. Ich war nicht fähig, irgendwas zu sagen. Langsam glitt er um mich herum, sodass er nun vor mir stand. Seine Hand war mittlerweile auf die andere Seite meiner Hüfte gewandert. Erst jetzt brachte ich ein heiseres „Hallo" heraus und kam mir gleichzeitig dämlich vor, weil mir nichts Geistreicheres einfiel.

„Komm heute Abend um acht zum Waldrand. Dort steht eine Bank. Warte dort auf mich!", rief er in mein Ohr. Er hatte Mühe, den Lärm der Jugendlichen zu übertönen. Aber ich hätte ihn auch verstanden, wenn er leiser gesprochen hätte, so sehr hing ich an seinen Lippen.

„Ich bin da", sagte ich nun etwas lauter.

„Bis später." Wieder gab er mir einen Kuss, dieses Mal auf die Wange. Dann schob er sich im Gedränge davon. Ich war noch ganz in Gedanken, als mich jemand schubste.

„Los, mach Platz", zischte ein kleiner Junge, der am Weitergehen gehindert wurde, weil ich mich nicht vom Fleck bewegte.

„Ich mach ja schon", gab ich ebenso zickig zurück und lief ins Klassenzimmer.

Ich folge dem Unterricht kaum, und weil ich die Neue war, ließ mich der Lehrer weitgehendst in Ruhe. Einige Schüler schielten dauernd zu mir hinüber und zogen kichern ihre Köpfe weg, wenn ich mich zu ihnen drehte. Große Beachtung schenkte ich ihnen nicht.

Der Unterricht schien sich ewig in die Länge zu ziehen. Als endlich der Gong ertönte, packte ich eilig meine Sachen und verließ den Raum. Auf kürzestem Weg lief ich hinaus und atmete die frische Luft ein, als er mich von hinten am Arm packte.

„Vergiss nicht, heute Abend." Er zwinkerte mir zu, dann folgte er seinen Freunden, die mittlerweile ein gutes Stück weitergegangen waren. Mein Nicken registrierte er nicht mehr.

Die Stunden bis zum Abend zogen sich ebenso wie der Unterricht. Ungeduldig und nicht fähig, mich anderweitig zu beschäftigen, ging ich in meinem Zimmer auf und ab.

Als es endlich zu dämmern begann, schlich ich mich aus dem Haus, nicht ohne vorher das Fenster im Flur zu öffnen und anzulehnen. So leise wie möglich zog ich die Tür hinter mir zu. In gebückter Haltung, sodass mich meine Eltern vom Wohnzimmer aus unmöglich sehen konnten, huschte ich davon. Es waren nur wenige Meter, bis ich das letzte Haus erreichte. Dort angekommen wanderte mein Blick über die Wiese. Ich ärgerte mich, dass ich ihn nicht nach dem genauen Standort der Bank befragt hatte, und für einen Moment hatte ich Angst, ich würde sie nicht finden. Zögernd überquerte ich die Wiese und kam dem Wald immer näher. Obwohl ich meine Augen anstrengte, konnte ich weit und breit keine Bank sehen. Suchend ging ich den Waldrand entlang. Ich wollte gerade zurückgehen und auf dem Weg warten, da bemerkte ich sie. Direkt daneben stand ein Strauch, der mein Sichtfeld einschränkte. Deshalb war sie auf den ersten Blick nicht zu erkennen gewesen. Erleichtert ließ ich mich nieder.

Nach ein paar Minuten vernahm ich ein Geräusch. Seltsamerweise spürte ich keine Angst, sondern nur Vorfreude, obwohl diese Situation für einen Außenstehenden bestimmt eigenartig erschienen wäre. Ein junges Mädchen trifft sich abends mit einem völlig fremden Jungen auf einer einsamen Bank. Je mehr ich darüber nachdachte, desto sicherer wurde ich, dass er etwas Besonderes war. Ja, vielleicht waren wir sogar füreinander bestimmt?

Schließlich war er da, ging wortlos um die Bank herum und setzte sich zu mir. Er lächelte mich an.

Leise und ohne ihn anzusehen, sagte ich mit klopfendem Herzen: „Was wolltest du mir denn zeigen?"

Er lachte auf und drehte meinen Kopf sanft zu sich: „Das wollte ich dir zeigen." Unsere Lippen berührten sich zum zweiten Mal. Wieder war es, als würde ein Feuerwerk in mir explodieren. Seine Hand glitt dabei über meinen Rücken und streichelte mich zärtlich. Immer intensiver. Dann schob er sanft mein Oberteil zur Seite und berührte meine nackte Haut. Ja, ich glaube, spätestens da habe ich zu denken aufgehört. Ich ließ mich von ihm führen und mich fallen. In eine unendliche Tiefe aus Sehnsüchten, von denen ich bis zu diesem Tag nicht einmal gewusst hatte, dass sie überhaupt existierten. Ich vergaß das Denken und das Atmen. Seine Wärme, sein Geruch, alles saugte ich in mich auf, als wäre es das Einzige, was von Bedeutung ist. Was um mich herum geschah, nahm ich nicht mehr wahr. Ich war gefangen in einer anderen Welt – in seiner Welt.

*Die Sonne lugte zwischen den Wolken hervor und verschluckte die Dunkelheit. Wir befanden uns wieder auf der Wiese, die übersät war mit bunten Blumen. Schmetterlinge flogen in alle Richtungen und die Sonnenblumen tanzten im Wind. Vögel zwit-*

*scherten und zwei Rehe, die am Waldrand standen, fügten sich in das harmonische Bild ein. Ich lag in der Wiese und er beugte sich über mich. Mit einem Grashalm kitzelte er meinen nackten Bauch und ich genoss das Kribbeln, das er damit in mir auslöste. Ich wollte ihn küssen, ihn spüren. Sein Kopf bewegte sich immer näher in meine Richtung, bis wir Stirn an Stirn lagen. Eine Zeit lang verharrten wir in dieser Position und schauten uns dabei tief in die Augen. Über seine Lippen huschte wieder dieses verschmitzte Lächeln, das mich jedes Mal dahinschmelzen ließ. Dann küssten wir uns. Für eine unendlich lange Zeit.*

Erschrocken nahm ich meine Lippen von seinen und landete ungebremst in der kalten Realität. Wie spät war es und wo war ich? Was war gerade mit mir passiert? Für einen Moment war ich vollkommen orientierungslos und besaß kein Zeitgefühl mehr.

Es war mittlerweile finster geworden, nur dank des Vollmondes waren die Umrisse der Bäume gut zu erkennen.

„Ich muss zurück. Sehen wir uns wieder?", fragte ich, noch etwas benommen. Dabei schaute ich ihm tief in die Augen, in der Hoffnung, darin versinken zu können.

„Wann immer du willst", erwiderte er mit einer unglaublich männlichen Stimme.

Schnell stand ich auf. Ich war schon ein paar Meter gelaufen, da drehte ich mich noch einmal nach ihm um: „Wie heißt du?"

„Luca", rief er mir zu.

Dann rannte ich nach Hause. In der Eile stolperte ich, fiel zu Boden und schlug mir das Knie an. Mit einem schmerzverzerrten Gesicht klopfte ich mir die Hose sauber und ging etwas langsamer, um einen weiteren Sturz zu vermeiden. Nach wenigen Metern war ich am Haus angekommen. Leise kletterte ich durchs Fenster und war erleichtert, dass es im Haus dunkel und still war. Meine Eltern schliefen also schon. Unbemerkt verschwand ich in meinem Zimmer, zog mich bis auf die Unterwäsche aus und kroch unter die Bettdecke. Müde war ich nach diesem aufwühlenden Erlebnis nicht, aber in der Hoffnung, von Luca zu träumen, schloss ich die Augen und schlief bald ein.

Meine dreckigen Klamotten verrieten mich. Um nicht aufzufliegen, wollte ich sie selber waschen. Nachdem ich aufgestanden war, ging ich in den Waschraum, um sie in die Waschmaschine zu stopfen. Da tauchte meine Mutter hinter mir auf, packte die Sachen und hielt sie mir vor die Nase. „Mein Fräulein, wo warst du gestern Abend", fragte sie erbost.

„In meinem Zimmer", flüsterte ich und schaute zu Boden.

„Sieh mich gefälligst an, wenn ich mit dir rede!" Ihre Stimme wurde zorniger. „Und wage es nicht mich anzulügen", legte sie nach. „Rebecca, ich frage dich ein letztes Mal. Wo warst du?"

Ich hasste es, dass man vor Müttern im Allgemeinen, aber vor meiner schon überhaupt nichts verheimlichen konnte. Ob es letztendlich die Angst vor einer Strafe oder im tiefsten Innersten der Wunsch war, über meine Gefühle reden zu können, weiß ich nicht genau. Jedenfalls setzte ich mich auf den Wäschekorb neben mir und erzählte ihr alles. Alles, wirklich alles. Als ich zum Schluss gekommen war, ging meine Mutter schweigend hinaus.

Ich nutzte den Moment, lief nach oben, packte eilig meine Schulsachen und ging aus dem Haus, ohne ein weiteres Wort mit ihr geredet zu haben. Ich war froh darüber, dass mich heute der Bus zur Schule brachte. So konnte ich den weiteren Fragen meiner Mutter aus dem Weg gehen. Nach diesem verpatzten Gespräch war mein einziger Lichtblick Luca. So sehr ich aber auch nach ihm Ausschau hielt, er war nirgends zu sehen. Weder im Bus noch auf dem Schulgelände. Enttäuscht ging ich ins Klassenzimmer.

Wie schon am Vortag zog sich heute der Unterricht in die Länge. Glücklicherweise endete er gegen Mittag.

Zu Hause angekommen ging ich mein Zimmer, um die Hausaufgaben zu machen, die heute länger dauern würden. Nach einiger Zeit hörte ich laute Stimmen aus der Küche. Wahrscheinlich war mein Vater gerade von der Arbeit gekommen und sie hatten wieder Streit. Ich machte mir darüber weiter keine Gedanken. Den Vorfall von heute Morgen hatte ich bereits vergessen. Ich war froh darüber, dass die Sache so glimpflich ausgegangen war, und meine Mutter nicht mehr zornig war über mein nächtliches Verschwinden. Nach den Hausaufgaben legte ich mich ins Bett. Eigentlich wollte ich mich nur ein paar Minuten ausruhen, die wenigen Stunden Schlaf machten sich aber nun bemerkbar und ich schlief sofort ein.

## Kapitel 3

„Ein Blick auf die Uhr bestätigte meinen Verdacht. Ich hatte viel zu lange geschlafen. Es war bereits Zeit für das Abendessen. Träge raffte ich mich auf und machte mich auf den Weg in die Küche. Als ich die Tür öffnete, saßen meine Eltern bereits am Tisch.

„Habt ihr heute so viele Hausaufgaben aufgehabt?" Vater schaute kurz hoch und widmete sich sofort wieder seiner Brotzeit.

„Es ging. Ich bin eingeschlafen." Im selben Moment, als ich die Worte aussprach, bereute ich sie. Meine Mutter wusste ja um letzte Nacht. Tatsächlich sah ich, wie sie Vater, der bei meinen Worten wieder aufblickte, zunickte. „Komm setz dich jetzt und iss mit uns." Froh darüber, dass sie das Gespräch von heute Morgen nicht mehr anschnitt, ließ ich mich nieder und begann zu essen.

Als ich fertig war und aufstehen wollte, griff meine Mutter mit ihrer Hand nach der Meinen. „Warte bitte. Wir müssen etwas mit dir besprechen." Ich schaute sie fragend an, sie wich meinem Blick aber gekonnt aus. Nachdem sie den Tisch abgeräumt hatte, setzte sie sich wieder zu uns. Die Blicke wanderten hin und her. Schließlich eröffnete mein Vater das Gespräch. „Wir haben uns dazu entschlossen, dich wieder aufs Internat zu schicken. Dort bekommst du eine bessere schulische Bildung."

„Darum ging es also heute Nachmittag. Ihr habt Pläne geschmiedet, um sie mir vollendet vor die Nase zu setzen, und ich soll mich damit abfinden. Zuerst der plötzliche Umzug und jetzt soll ich wieder zurück. Alleine." Ich war sauer und enttäuscht. Denn sie entschieden über meine Zukunft, ohne mich vorher nach meiner Meinung gefragt zu haben.

Mein Vater bebte und schaffte es kaum, sich unter Kontrolle zu haben. „Dort bist du besser aufgehoben. Frag deine Mutter, sie wird das bestätigen."

„Wie könnt ihr mir das bloß antun?" Zornig war ich aufgesprungen und ballte meine Hände zu Fäusten. „Ihr könnt nicht einfach über meinen Kopf hinweg eine solche Entscheidung treffen!" Tränen schossen mir in die Augen.

Ich hatte nun auch Mühe, meine Wut in Zaum zu halten. Wäre ich bloß in meinem Zimmer geblieben. In meiner eigenen kleinen Welt. Wenn ich geahnt hätte, dass es bei der Auseinandersetzung um mich ging, hätte ich eine Möglichkeit gehabt, ihnen aus dem Weg zu gehen. Aber so war ich, als ich nichts ahnend die Treppe runter und in die Küche ging, ins offene Messer gelaufen.

Mutter wirkte ruhig und sagte mit fester Stimme: „Wir wollen nur das Beste für dich."

Ich lachte spöttisch: „Dann lasst mich hier, lasst mich bei euch bleiben und nehmt mir Luca nicht weg. Bitte, schickt mich nicht zurück ins Internat."

Flehend sah ich meine Eltern an. Mein Vater schaute, da er sich wieder beruhigt hatte, unsicher zwischen mir und meiner Mutter hin und her, blickte dann auf die Uhr oberhalb der Tür. „Du gehst ins Internat. Und dieser Luca …"

„Papa, du kennst ihn gar nicht. Wie kannst du es wagen, etwas Schlechtes über ihn zu sagen?", verteidigte ich ihn erneut.

„Lass mich bitte ausreden. Über ihn höre ich nichts Gutes. Ich kenne seine Eltern."

„Woher?", fragte ich neugierig.

Er schien sich wirklich beruhigt zu haben, und sprach in normalem Tonfall weiter: „Sein Vater ist bei der Polizei kein Unbekannter. Erst jüngst soll er seine Frau bedroht haben. Ich wurde zu dem Fall hinzugezogen und musste ihn vor Ort vernehmen." Er wusste, dass er bereits zuviel verraten hatte, und verstummte.

„Ich habe die Frau beim Fest kennengelernt und sie nach Hause gebracht. Sie wohnen direkt in dem gelben Haus am Dorfrand. Ihr ging es nicht so gut, sie machte einen sympathischen Eindruck", meldete sich meine Mutter zu Wort. Während sie redete, ging mein Vater, ohne ein Wort zu sagen, raus und ich hörte, wie die Tür ins Schloss fiel. Kurz darauf wurde der Motor unseres Autos angelassen. Er machte sich stets aus dem Staub, wenn es brenzlig wurde, daran war ich gewöhnt. Mittlerweile saß ich wieder am Tisch. Meine Mutter setzte sich neben mich und nahm mich in die Arme. Ich war wütend, enttäuscht und traurig. Trotzdem ließ ich ihre Berührungen zu. Ich hatte keine Kraft mehr, mich dagegen zu wehren. Minutenlang saßen wir bloß da und sprachen kein Wort miteinander. Dann löste sie die Umarmung, nahm meinen Kopf in ihre Hände und sah mir in die Augen. „Es wird der Tag kommen, an dem du mich verstehen wirst. Du lässt mir keine andere Wahl."

Tränen liefen mir über die Wangen. „Erklär es mir, Mama, ich will wissen, warum?"

„Gerne würde ich dir die Wahrheit sagen, aber dafür bist du noch zu jung. Eines Tages, das verspreche ich dir, wirst du alles erfahren. Aber jetzt bitte ich dich, zu gehen." Ihre Stimme vibrierte. „So schwer es dir jetzt fallen wird, irgendwann wirst du es mir danken. Bitte vertrau mir. Rebecca, ich liebe dich von ganzem Herzen." Bei den letzten Worten versagte meiner Mutter die Stimme. Ihre Augen standen voller Tränen. Schnell drückte sie mir einen Kuss auf die Stirn, dann drehte sie sich weg und ging aus der Küche hinaus. Wie immer, wenn sie kurz vorm Weinen war, verdrückte sie sich. Als ob ich nicht längst merkte, wenn sie etwas belastet.

Ich war kein Kind mehr. Ich war sechzehn und erwachsen genug, um zu wissen, dass es sinnlos war, gegen die Entscheidung meiner Eltern vorzugehen. Ich musste sie akzeptieren, so schwer es mir auch fiel.

Aber in diesem Haus hielt ich es keine Sekunde länger aus. Also sprang ich auf und zog mir die Schuhe an. Ob Luca zu Hause war, wusste ich nicht. Einen Versuch war es aber wert. Die paar Meter zu seinem Haus rannte ich regelrecht. Das ist einer der Vorteile auf dem Dorf. Bei den wenigen Häusern, die sich hier befanden, brauchte man nicht einmal eine Hausnummer, um sich zurechtzufinden, und so reichte der Hinweis meiner Mutter völlig aus. Umso eher ich bei ihm war, desto besser. Mit einer Mischung aus Angst und Vorfreude drückte ich die Klingel. Um auf Nummer sicher zu gehen, gleich ein zweites Mal. Es dauerte nur wenige Sekunden, bis geöffnet wurde. Die Frau, die vor mir stand, musste Lucas Mutter sein. Ihre Augen fielen mir sofort auf, die gleichen, wie Luca sie hatte. Ihre blickten mich traurig an. „Kann ich dir helfen", fragte sie zögernd.

„Ich möchte gerne zu Luca, ist er da?" Meine Stimme war vom vielen Weinen noch ganz zittrig, deshalb versuchte ich, meine wahren Gefühle mit einem Lächeln zu überspielen.

„Luuuuca, du hast Besuch", rief sie daraufhin und ging ohne ein weiteres Wort wieder ins Haus.

„Ich komme." Kaum hörte ich seine Stimme, ging es mir besser.

Als er am Ende der Treppe angelangt war und ich ihn in die Arme nehmen wollte, hielt er mich auf Abstand und blickte sich um. Fast so, als würde er Angst haben, dass man uns zusammen sah. Für einen kleinen Moment machte sich Enttäuschung und Angst in mir breit. Hatten sich seine Gefühle für mich etwa seit letztem Abend geändert? Als ahnte er, was in mir vorging, machte er einen Schritt auf mich zu und legte beruhigend den Arm auf meine Schulter. „Dicke Luft zuhause. Lass uns wohin gehen, wo wir ungestört sind."

Ich nickte und atmete befreit auf. Er nahm meine Hand und widerstandslos folgte ich ihm. An das Haus seiner Eltern grenzte ein kleiner Garten, den wir nach wenigen Schritten erreichten. Luca führte mich zu einem kleinen Häuschen, das, wie er mir später erzählte, seine Eltern vor Jahren gebaut hatten. Hierher zog er sich oft zurück und verbrachte schon die eine oder andere Nacht darin.

Lächelnd zog er den Schlüssel aus seiner Hosentasche und sperrte auf. Kaum hatte er die Tür hinter uns geschlossen, umarmten und küssten wir uns. Es dauerte lange, bis wir es schafften, uns voneinander zu lösen. Erschöpft sanken wir auf die Couch und ich legte den Kopf auf seine Brust.

„Du hattest vorhin was auf dem Herzen oder?" Seine Worte trafen mich wie ein Messer, das sich durch meine Brust bohrte. Kurze Zeit war der Gedanke daran, dass ich ihn bald verlassen müsste, weit weg gewesen. Jetzt, da er die Worte ausgesprochen und mich wieder daran erinnert hatte, konnte ich meine Tränen nicht mehr halten. Wie ein kleines Mädchen weinte ich los und wand mich in seinen Armen.

Sanft berührte er mich am Arm und begann mich zu streicheln. Als ich mich wieder gefasst hatte, fragte er besorgt: „Was ist passiert?"

Ich erzählte ihm die ganze Geschichte, bis hin zum Internat.

Luca blickte mich besorgt und traurig an, als ich geendet hatte. „Aber es ist nicht für die Ewigkeit", wollte er mir Mut machen. Mir kam es eher so vor, als spräche er sich selber Mut zu.

„Trotzdem für eine sehr lange Zeit. Immerhin werde ich bloß zu den Ferien zurückkommen können", flüsterte ich. „Ich kann mich nicht vorstellen, wie ich es so lange ohne dich aushalten soll. Außerdem wirst du dich bestimmt, während ich weg bin, in ein anderes Mädchen verlieben."

„Beccy, es wird für mich keine andere geben, hörst du?" Er nahm mich fest in die Arme und küsste mich. „Ich verspreche es dir. Jeden Sonntag werde ich dir schreiben. Am Abend, wenn die Sonne untergegangen ist, gehe ich an diesen Ort hier und denke nur an dich."

Der Gedanke daran war ein Lichtblick in einer Zeit, die für mich die reinste Hölle sein würde. Kaum hatte er die Worte ausgesprochen, berührten sich unsere Lippen erneut.

Wie angekündigt setzen meine Eltern ihr Vorhaben in die Tat um. Sie bestanden darauf, dass ich nach den nächsten Ferien zurück ins Internat ziehen sollte. Um sie nicht zu verärgern, traf ich mich heimlich mit Luca. Die wenigen Stunden, die mir nach der Schule und den Hausaufgaben blieben, gehörten ganz allein ihm. Die Wochen vergingen und es wurde Herbst. Die Blätter färbten sich und die Ferien rückten näher. Die ersten und vorerst letzten Ferien, die mir mit ihm blieben.

Schneller als mir lieb war, kam der letzte Abend und damit die letzte Nacht, die ich mit ihm verbringen konnte. Als die Dämmerung einsetzte, stahl ich mich davon und ging zu der Hütte. Meistens trafen wir uns hier. Ich verspürte nicht den Drang, diese Liebe öffentlich zu machen. Sie war etwas sehr Kostbares, das ich unbedingt beschützen musste. Luca dachte genauso und versicherte mir bei jedem Treffen, dass unsere Liebe, gerade weil wir sie geheim hielten, etwas Besonderes sei.

Als ich ankam, stand ich eine Weile vor der verschlossenen Tür. Fast so, als wollte ich diesen Abend zelebrieren, und ihm dadurch eine besondere Note geben. Meine Sehnsucht wurde immer stärker und war schließlich kaum noch zu ertragen. Jetzt, da ich Luca so nahe war, verstärkte sich das Kribbeln, das ich stets spürte, wenn ich auf dem Weg zu ihm war. Mit jedem Treffen wurden die Gefühle intensiver. Mein Herz pochte so laut, dass ich Angst hatte, er könnte es hören. Den ganzen Tag über hatte ich eine Ahnung, was in den nächsten Stunden passieren würde, und trotzdem wusste ich

nicht, ob ich mich darauf freuen oder einen Rück-
zieher machen sollte. Zögernd bewegt sich meine
Hand Richtung Türklinke.

„Endlich, ich habe schon auf dich gewartet." Er kam
auf mich zu, weil ich wie angewurzelt im Türrahmen
stehenblieb.

„Wow, das ist …", es verschlug mir bei diesem Anblick die Sprache. Der Boden war übersät mit roten
Rosenblätter und es brannten eine Menge Kerzen.
Die Fenster waren mit schwarzen Tüchern verhängt
und auf dem Tisch stand eine Kleinigkeit zu Essen
und Getränke. Bei seinem Anblick verspürte ich
allerdings einen anderen Appetit. Ich wollte ihn spüren, und zwar sofort. Wir brauchten keine großen
Worte, wir verstanden uns auch so. Luca streifte
sein T-Shirt ab und näherte sich mir. Behutsam ließ
ich die Tür ins Schloss fallen und ließ mich in die
Arme nehmen.

„Ich will dich", hauchte er, dann küsste er mich mit
einer Intensität, bei der mir der Kreislauf zu versa-
gen drohte. Was dann geschah, hätte ich mir selbst
in meinen Träumen nicht schöner ausmalen können. Mit seinen sanften Berührungen machte er
mich mehr und mehr zu einer Sklavin, die ihm hilflos
ausgeliefert war. In dieser Nacht wäre ich zu allem
bereit gewesen. Doch er ließ es nicht geschehen.
Gerade deswegen sind es diese Stunden, die mir
als die schönsten meines bisherigen Lebens in Erinnerung geblieben sind.

Die Sonne war bereits aufgegangen, als ich müde, aber unbeschreiblich glücklich in den Armen von Luca einschlief.

Mit halb geöffneten Augen streckte ich meine Hand nach ihm aus, tappte jedoch ins Leere. Erschrocken fuhr ich hoch und stellte fest, dass er nicht mehr neben mir lag. Schnell schlüpfte ich in meine Hose. Als ich den Raum verlassen wollte, fiel mein Blick auf einen Zettel, der auf dem noch immer gedeckten Tisch lag. Neugierig griff ich danach und begann zu lesen:

*Liebe Beccy,*

*selbst in der Ferne bist du mir so nah.*
*So nah, dass die Ferne irgendwann nicht mehr zwischen uns steht.*

*Dein Luca*

Mir blieb nicht viel Zeit, deshalb konnte ich nicht nach Luca suchen, sondern musste mich sofort auf den Heimweg machen. Um die Mittagzeit ging mein Zug nach München und meine Eltern wollten mich zum Bahnhof bringen. Sie warteten bereits auf mich. Als ich das Haus betrat und Vater mich sah, murmelte er ein paar Worte, die sich anhörten wie „endlich bist du da". Schließlich stand er auf, nahm meinen Koffer, den ich am Vortag gepackt hatte, und ging durch die Tür hinaus zum Auto. Meine Mutter äußerte sich nicht zu meinem nächtlichen Fernbleiben, sondern folgte stumm. Mir blieb nichts anderes übrig, als es ihr gleich zu tun.

Während der ganzen Fahrt über hoffte ich, dass sie es sich anders überlegen würden. Doch je näher wir dem Bahnhof kamen, desto mehr verschwand diese Hoffnung. Dementsprechend kühl fiel die Verabschiedung aus.

„Pass auf dich auf." Meiner Mutter war anzumerken das es ihr nicht leicht fiel. Ich wollte nicht kampflos aufgeben und nahm noch einmal meinen ganzen Mut zusammen. „Bitte lasst mich hier bleiben. Noch sitze ich nicht im Zug. Ich kann immer noch hier bleiben."

Mutter wollte etwas erwidern, da fiel uns Vater ins Wort: „Darüber diskutieren wir jetzt nicht mehr. Der Zug wartet schon. Geh jetzt bitte."

Von Wut und Schmerz gepackt drehte ich mich um, nahm meinen Koffer und stieg ein, obwohl ich in diesem Moment genau das Gegenteil wollte: zurück zu Luca.

„DAS ICH NICHT UM DICH
KÄMPFE, BEDEUTET NICHT
DAS ICH DICH AUFGEBE.
VIELMEHR IST ES EINE
PRÜFUNG, OB DU
MICH AUFGIBST „

## Kapitel 4

Im Internat angekommen, ging ich sofort in das mir zugewiesene Zimmer, um mich auf meinem Bett niederzulassen. Ich konnte mir schwer vorstellen, dass ich mich hier vor wenigen Monaten heimisch gefühlt hatte.

Bereits beim Betreten des Raumes bemerkte ich, dass meine Zimmernachbarin nicht da war. Da ich mich zuerst in Ruhe umsehen wollte, kam mir das gelegen. Es hatte sich nicht viel verändert, stellte ich beruhigt fest. Seufzend ging ich zum Fenster, öffnete es und sog gierig die frische Luft ein. Als könnte dies meiner einsamen Seele Trost spenden. Eine Weile verharrte ich in der Position, dann verließ ich meine neue Bleibe. Ich folgte den Stimmen und gelang auf den Pausenhof. Stimmengewirr und eine Horde junger Leute empfingen mich. Mir war, als würde ich gegen eine Betonwand prallen. Meine Gefühle vertrugen sich nicht mit der Unbeschwertheit und dem Lachen der anderen, daher zog ich mich zurück auf mein Zimmer. „Wie konnte ich mich hier vor gar nicht langer Zeit wohlfühlen?", murmelte ich, lehnte mich an die Wand und klopfte mit dem Hinterkopf dagegen, um mein Unbehagen loszuwerden.

„Na, wer wird denn gleich zu randalieren anfangen?" Eine fröhliche Stimme riss mich aus den trüben

Gedanken. Als ich mich umdrehte, blickte ich in die frechen Augen eines jungen, hübschen Mädchens.

„Hallo, ich bin Marie", stellte sie sich vor. Weil meine Eltern darauf bestanden hatten, dass ich das letzte Jahr wiederholen sollte, freute ich mich, dass sie mir sofort sympathisch war. Zu meiner alten Clique war der Kontakt abgebrochen. Da wir auf dem Land kein Telefon besaßen, gab es die Möglichkeit nicht, mich mit ihnen in Verbindung zu setzen. Ich befürchtete, dass sie es mir übel nahmen, weil ich mich so lange nicht gemeldet habe.

Aber seit dem Tag, an dem ich Luca getroffen hatte, verspürte ich sowieso kein Verlangen mehr, mich bei ihnen zu melden. Nachdem ich mich so von ihnen abgeschottet hatte, war es jetzt umso schwerer, mich wieder in diese Umgebung einzugewöhnen. Deshalb nutzte ich die Gelegenheit für einen kurzen Plausch mit Marie, obwohl ich lieber alleine gewesen wäre. Früher oder später musste ich mich mit ihr arrangieren, also warum nicht gleich.

Wir redeten über belanglose Dinge, während wir unsere Sachen verstauten. Dann trennten sich unsere Wege wieder. Am Abend erzählte sie mir, dass sie bereits ein paar Bekanntschaften geknüpft hätte. Ich kapselte mich jedoch bewusst ab, um ungestört an Luca denken zu können. Ich wollte mir diese kostbaren Momente nicht nehmen lassen.

Der nächste Tag zog sich unendlich dahin und mit jeder Stunde, die verging, vermisste ich ihn mehr.

Ich sehnte den Sonntagabend herbei, an dem ich es ihm gleichtun und mich an einem geheimen Platz verkriechen würde, um in Gedanken bei ihm zu sein. Wie durch ein unsichtbares Band wären wir in diesem Moment verbunden. Eine Verbindung, die sonst niemand verstehen würde. Bis dahin waren es aber noch vier endlose Tage.

Dass gleich mit dem Unterricht begonnen wurde, hellte mein Gemüt in keiner Weise auf. Wenigstens bot der Sportunterricht eine willkommene Abwechslung. Doch weil ich vor lauter Sehnsucht seit meiner Anreise keinen Bissen zu mir genommen hatte, war ich zu geschwächt, um daran teilzunehmen.

Bereits bei der Aufwärmungsrunde wurde mir schwindlig und ich bat die Lehrerin, auf der Bank Platz nehmen zu dürfen. Sie stellte zum Glück keine Fragen. Dankbar saß ich am Rand des Sportfelds und beobachtete die anderen, wie sie ihre Bahnen zogen. Plötzlich verschwamm die Realität vor meinen Augen und ich schloss sie. Mein Luca. Immerfort sprach ich in Gedanken seinen Namen und stellte mir vor, wie es wohl wäre, wenn er jetzt neben mir säße. Mit einem Mal war es, als könnte ich ihn riechen. Ich spürte seinen Atem auf meiner Haut und seine Berührungen.

*„Beccy, hier drüben bin ich." Luca lugte hinter einem Baum hervor, der mitten auf einer Wiese stand. Er lachte. „Komm, schnell." Barfüßig lief ich zu ihm,*

das vom Morgentau feuchte Gras kitzelte meine Füße. Bei ihm angelangt fiel ich ihm in die Arme und wir küssten uns. Seine Küsse wurden fordernder. Plötzlich beendete er abrupt den Kuss und lief davon. „Fang mich", rief er, und dann war er verschwunden. „Wo bist du? Komm zurück!" Panisch schaute ich mich um, konnte ihn jedoch nirgends entdecken. Plötzlich rief jemand erneut nach mir.

„Rebecca, Rebecca." Es wurde wieder still. „Schnell, ruft den Schularzt", hörte ich dieselbe Stimme erneut rufen. Die Hände, die jetzt meinen Körper berührten und mich schüttelten, waren nicht die von Luca. Und die Stimme war heller als seine.

„Was war passiert? Wo war ich?" Verwirrt blickte ich um mich, ich lag auf dem Bett in meinem Zimmer. Neben mir saß Marie, die mich mit einem besorgten Blick beobachtet.
„Du bist zusammengebrochen, von der Bank runtergekippt. Hast du das öfter?"
„Manchmal. Ich bin dann in Gedanken ganz woanders, und mir kommt es so vor, als wenn die Realität und mein Traum ineinanderlaufen würden. Verstehst du das?"
Marie schüttelte den Kopf und wirkte beängstigt.
„Welche Träume meinst du denn?"
„Kann ich dir ein Geheimnis verraten?" Ich legte einen Finger auf den Mund.

„Natürlich, was denkst du denn von mir. Tzz." Sie warf ihre roten Locken über die Schulter und wirkte beleidigt.

„Schon gut, komm setz dich zu mir." Ich machte eine beschwichtigende Handbewegung.

Sie rutschte ein Stück näher, bis unsere Schultern sich berührten. „Eigentlich ist es kein Traum. Für mich hat es vielmehr die Bedeutung einer Vision." Ich erzählte: „Plötzlich ist alles so, wie ich es mir immer gewünscht habe. Ein Gefühl, von dem ich nie glaubte, es erleben zu dürfen. Geschweige denn, dass es überhaupt existiert. Jeder spricht von dieser einen großen Liebe. Aber ich glaube, es gibt nicht viele, die sie wirklich erleben. Schau dich um, wer geht mit vierzig händchenhaltend spazieren. Oder küssen sich deine Eltern in der Öffentlichkeit?"

Marie schaute mich nachdenklich an. „Um ehrlich zu sein, glaube ich, dass sie das nicht mal zu Hause tun. Wenn, dann heimlich. Ich habe sie jedenfalls nie dabei gesehen."

„Eben, deshalb habe ich nicht geglaubt, dass es sie wahrhaftig gibt. Eine Liebe, die bis ans Lebensende hält. Und plötzlich war da Luca. Er brauchte nichts zu sagen und zu tun. Das Wenige, was er tat und sagte, reichte vollkommen aus, um mich komplett abhängig von ihm zu machen. Wenn ich nicht bei ihm war, fühlte es sich an, als würde ich nur zur Hälfte existieren. Er musste mich bloß küssen und meine Welt war perfekt. Wahrscheinlich hätte ich es nicht mal bemerkt, wenn rundherum alles im Chaos versunken wäre."

Marie schaute mich mit offenem Mund und ungläubigem Blick an. „Und wie ging es weiter?"

„Gar nicht." Leise wiederholte ich die Worte. In dem Moment, als ich die Worte aussprach, begriff ich erst, was die Trennung für Konsequenzen haben könnte. „Ich hätte um ihn kämpfen müssen." Kraftlos senkte ich den Kopf. „Warum habe ich es zugelassen, dass meine Eltern ihn mir wegnehmen? Wenn er nicht auf mich wartet, sind sie schuld daran, dass unsere Liebe keine Chance hatte."

Marie nahm mich tröstend in den Arm. „Du wirst sehen, die Zeit vergeht im Nu. Und wenn er dich so sehr liebt, wird er auch warten." Ich erwiderte ihre Umarmung und war für den Hauch von Nähe dankbar.

Marie war mir in den folgenden Tagen eine große Hilfe. Ich war ihr dankbar. Sie ließ mich nicht aus den Augen und war darauf bedacht, dass ich an den Freizeitaktivitäten teilnahm, um Kontakte zu knüpfen. So war das Warten auf Post von Luca erträglicher geworden.

Der erste Sonntag war vergangen, es wurde Montag, Dienstag, aber kein Brief kam. Jeden Morgen, bevor der Unterricht begann, eilte ich ins Sekretariat und löcherte die Bürokraft, die längst genervt von mir war. Als ich am Mittwoch erneut an die Tür klopfte und ohne auf das „Herein" zu warten eintrat, hielt sie mir ein Kuvert vor die Nase. Überglücklich riss ich es ihr aus der Hand und suchte das nächste Mädchenklo auf. In einer Kabine öffnete ich mit zittrigen Fingern das Kuvert.

Du gibst mir eine innere Ruhe,
in einer Welt, wo alles in Hektik versinkt.

Du zauberst ein Lächeln auf mein Gesicht,
in einer Welt, wo viele das Lachen schon verlernt
haben.

Du zeigst mir, was Glück bedeutet,
in einer Welt, wo viele nicht mehr wissen, was
das ist.

Du nimmst mich so, wie ich bin,
in einer Welt, wo nur schöne und perfekte Menschen etwas wert sind.

Du lässt mich deine Nähe spüren,
in einer Welt, wo Unabhängigkeit immer wichtiger wird.

Dafür liebe ich dich.

Du bist für mich ein kleines Wunder,
denn du machst meine Welt vollkommen.


In Liebe, dein Luca.

PS: Trotz der Ferne bist du mir so nah.

Ab da endete jeder Brief mit denselben Worten. Wenn ich sie las, fühlte ich mich ihm näher. Ich schaffte es, mich darin zu verlieren und die Umwelt auszublenden. Seine Briefe waren mir heilig und ich hütete sie wie einen Schatz. Niemand, nicht einmal Marie, durfte einen Blick darauf werfen. Sie waren der einzige Lichtblick. Woche für Woche lebte ich für diesen Moment. Und so vergingen die Monate. Es wurde Winter, und alle freuten sich auf die Ferien bei ihren Eltern. Alle, außer mir. Denn eine Woche vor Schulschluss erreichte mich eine Nachricht von Mutter.

*Meine liebe Rebecca,*

*ich habe mich sehr auf unser Wiedersehen gefreut. Es ist aber besser, wenn du in München bleibst. Ich werde versuchen, dich anzurufen, doch du weißt ja um die Situation bei uns im Haus. Gerne würde ich dich in München besuchen, Vater bekommt zurzeit jedoch keinen Urlaub und alleine kann ich diesen Weg nicht auf mich nehmen.*
*Wir sehen uns bestimmt bald wieder.*

*Deine Mutter*

Ich sah an ihrer Schrift, dass sie die Worte in Eile geschrieben hatte, und hatte den Eindruck, dass sie während des Schreibens geweint haben musste.

Einzelne Buchstaben waren verschwommen und das Papier wirkte an den Stellen gewellt. Ein Teil von mir hätte ihr gerne zurückgeschrieben. Mittlerweile aber war der Groll meinen Eltern gegenüber so groß geworden, dass ich nicht die Kraft hatte, ihnen zu verzeihen, geschweige denn, normal mit ihnen umzugehen. Ich empfand es daher als Erleichterung, dass die geplante Heimreise verschoben wurde. Meine Traurigkeit galt einzig und allein dem geplatzten Wiedersehen mit Luca.

Beim Gedanken daran, ihn wieder nicht sehen und berühren zu können, zog sich mein Herz schmerzhaft zusammen. Er war die Liebe meines Lebens, es würde keinen anderen Mann mehr für mich geben. „Wenn ich das Internat hinter mir habe, bin ich achtzehn. Dann kann mich keiner daran hindern, mit Luca eine Zukunft zu planen", flüsterte ich hoffnungsvoll.

Bald war der Abend vor Heiligabend gekommen. Alle waren aufgeregt und voller Vorfreude. Ich hingegen zog mich immer mehr zurück und beteiligte mich kaum an den Gesprächen über die bevorstehenden Ferien. Marie merkte bereits an dem Tag, als ich den Brief erhalten hatte, dass mich etwas belastete. Ich schwieg jedoch, weil ich ihr mit meinen Sorgen die Freude auf zu Hause nicht nehmen wollte.

Genauso stumm blieb ich bei allen anderen Ferien, die sie heimfuhr, während der ich im Internat ausharrte. Mittlerweile öffnete ich die Briefe meiner Mutter nicht mehr, sondern warf sie sofort in den Papierkorb. Es waren immer dieselben Worte und ich hatte es satt, dass sie in Rätseln zu mir sprach und mich nie anrief. Der Kontakt zu meinem Vater war schon immer schwieriger gewesen. Ich schob es auf seine Launen, die er manchmal an den Tag legte. Deshalb erwartete ich von ihm keine Nachrichten. Aber von meiner Mutter hätte ich mir mehr Offenheit gewünscht.

So verging die Zeit, und ehe ich mich versah, waren beinahe zwei Jahre vergangen. Ständig stellte ich mir die Frage, ob ich überhaupt zurückwollte. Ich war in München großgeworden und fühlte mich hier zu Hause. Meine Freunde waren meine Familie geworden. Und obwohl ich mich ab und zu abkapselte und zurückzog, fühlte ich mich geliebt, so wie ich war.

Allmählich schlichen sich Zweifel ein. Alles, was ich brauchte, hatte ich hier. Abend, als ich wieder einmal grübelnd im Bett lag, setzte sich Marie zu mir. Mittlerweile akzeptierte sie es, dass es Tage gab, an denen ich nicht reden wollte. Und ich ließ es zu, sie an manchen Tagen an meinem Leben teilhaben zu lassen. So wie in diesem Moment.

„Rutsch ein Stück zur Seite." Sie machte es sich bequem, als wäre es ihr eigenes Bett. „Ich habe tolle Neuigkeiten für dich." Aufgeregt plapperte sie los.

„Mhm, was denn", murmelte ich wenig angetan von ihrer guten Laune.

„Jetzt sei nicht so. Komm rate mal!"

Ich mochte es überhaupt nicht, wenn sie mich neugierig machen wollte. Zugegeben, meistens gelang es ihr. Deshalb fragte ich, interessierter als noch gerade eben, nach. „Hast du im Lotto gewonnen?"

„Scherzkeks, es betrifft DICH!" Sie rollte mit den Augen.

„Ach, du würdest mir davon nichts abgeben?", neckte ich sie.

Prompt traf mich ihr Ellbogen. Im gespielten Schmerz verzog ich das Gesicht. Ich wusste, dass Marie gute Nachrichten nicht lange für sich behalten konnte. Also würde sie nach kurzer Zeit damit herausplatzen. „Du kommst ja sowieso nicht drauf."

„Stimmt", erwiderte ich, erleichtert darüber, dass das Spiel damit jetzt zu Ende war.

„Weißt du noch von dem Angebot bei der Steuerkanzlei meines Vaters?"

Jetzt wurde ich hellhörig. „Was ist damit?"

„Du kannst den Job haben." Kaum hatte sie den Satz ausgesprochen, fiel sie mir schon in die Arme und jubelte, als würde es um ihre eigene berufliche Zukunft gehen.

„Das ist in der Tat wunderbar!" Dankbar drückte ich sie. Nachdem sie sich wieder beruhigt hatte, fiel ihr auf, dass ich mich nicht wirklich freuen konnte. „Rebecca was ist los? Willst du diesen Job nicht mehr?"

„Doch, natürlich. Aber was ist dann mit Luca?" Ich war ratlos.

Aber im selben Moment, als sie es aussprach, ärgerte ich mich, nicht selber darauf gekommen zu sein. „Wieso kommt er nicht zu dir nach München?"

Das war die Lösung. Es sprach alles für München. Alles, bis auf eines: Luca. Also schrieb ich ihm und bat ihn, zu mir zu kommen.

Seine Antwort erreichte mich einige Tage später.

Hallo Beccy,

lange habe ich diesen Tag herbeigesehnt.
Den Tag, der mich endlich wieder zu einem
ganzen Menschen machen würde. Es war nicht
einfach und trotzdem habe ich durchgehalten,
dir zuliebe.
Wenn ich es dir nicht wert bin, dein Leben für
mich aufzugeben, kann ich dasselbe auch nicht
für dich tun.
Ich liebe dich, aber ich kann nicht zu dir kommen. Irgendwann wirst du mich verstehen.

Dein Luca

PS: Und plötzlich bist du mir so fern.

Seine Worte trafen mich wie ein Faustschlag. Benommen taumelte ich.

*Luca lehnte lässig an einem Baum und raucht eine Zigarette. Der Herbstwind fuhr ihm durch die Haare und trug den Qualm fort. Gelassen und dem Anschein nach glücklich winkte er mir zu, während die Blätter in den schönsten Farben vom Baum fielen und zu Boden sanken. Luca warf seine Zigarette zu Boden und trat sie aus. Seine Lippen formte er zu einem Kuss und der Wind trug ihn zu mir herüber. Dann wendete er sich von mir ab und ging in die entgegengesetzte Richtung, wo jemand auf ihn wartete. Dieser Jemand hatte blonde, lange Locken und streckte lächelnd die Arme nach ihm aus. Ich betete, dass er sich noch einmal nach mir umdrehen würde. In Liebesfilmen war es so, dass man einen Blick riskierte, wenn man Gefühle für den anderen hatte. Ich wartete vergebens.*

Als ich wieder bei Sinnen war, fand ich mich auf meinem Bett liegen. Wie war ich hier hergekommen? Oder lag ich etwa schon die ganze Zeit da?
Wütend knüllte ich seinen Brief zu einem Ball zusammen und warf ihn in den Papierkorb.
„Tzzz, jetzt redet er in Rätseln wie meine Mutter. Wieso kann er mir seine Gründe nicht erklären? Bestimmt hat er sich neu verliebt und nicht den Mut, mir die Wahrheit zu sagen. Genauso wie damals

meine Mutter. Auch sie hat immer drum herum geredet und die Dinge nie auf den Punkt gebracht", knurrte ich sauer, obwohl es bittere Enttäuschung war, die ich in diesem Moment empfand.

## Flughafen München

Eine Durchsage tönte aus den Lautsprechern. Das riss mich aus meinen Gedanken und ließ mich zusammenzucken. Erschrocken darüber, dass sie nicht mehr neben mir stehen könnten, griff ich nach meinen Koffern. Erleichtert stellte ich fest, dass sie da waren, und umklammerte die Griffe. Gemächlich begab ich mich zum Schalter und reihte mich in der Schlange ein.

Jetzt, mit einigen Jahren Abstand, wusste ich, dass mein Verhalten damals kindlicher Trotz gewesen war. Er hatte mich dazu verleitet, in München zu bleiben, obwohl mein Herz sich nach Luca verzehrte. Aber mein Stolz hinderte mich daran, zu ihm zu fahren, und meine Gefühle darzulegen. Die Angst war zu groß, zurückgewiesen und verletzt zu werden.

Die Liebe zu ihm war auch jetzt noch so intensiv wie damals, als wir uns zum ersten Mal küssten. Er war diese eine große Liebe, an der ich alle anderen maß. Hin und wieder machte mir ein attraktiver Mann Avancen. Doch mein Herz gehörte nur Luca.

Mit der neuen heilen Welt, die ich mir in München aufgebaut hatte, sicherte ich mir zwar mein Überleben, im Inneren jedoch war ich einsam. Bis eines Tages genau diese heile Welt in tausend Stücke zerbrach. Wie jedes Mal, wenn ich an diesen Tag zurückdenke, füllen sich meine Augen mit Tränen. Nie hätte ich gedacht, dass ein einziger Anruf mein Leben so sehr verändern könnte.

„VIELE MENSCHEN GLAUBEN,
DASS MAN KEINEN SCHMERZ
EMPFINDEN DARF, UM STARK
ZU SEIN.

DOCH IN WAHRHEIT SIND ES DIE
STÄRKSTEN MENSCHEN,
DIE DEN SCHMERZ FÜHLEN,
VERSTEHEN UND AKZEPTIEREN."

Verfasser unbekannt

# Kapitel 5

## Weihnachten 1988

Das Büro leerte sich und ich räumte den Schreibtisch für meinen anstehenden Urlaub auf. Wie jedes Jahr verließ ich es als Letzte. In meiner Wohnung wartete niemand auf mich, ich kroch unter die Bettdecke. Es dämmerte schon und ich knipste das Nachtlicht an. Ich schaute aus dem Fenster, es schneite dicke Flocken, und wie jeden Heiligabend lag Melancholie in der Luft. Das Fest des Friedens, aber nirgendwo auf der Welt fand er statt. An solchen Tagen dachte ich besonders ungern an meine Eltern. Der Kontakt zu ihnen war mittlerweile komplett abgebrochen, und um den ersten Schritt zu machen, war ich zu stolz.

Traurig darüber, dass ich den Abend wieder einmal alleine verbrachte, zog ich die Schachtel unter dem Bett hervor. Behutsam öffnete ich sie und nahm die Briefe heraus. Dann begann ich zu lesen, und Tränen kullerten über meine Wangen. Die Worte flossen ineinander und verschwammen vor meinen Augen. Da ich Lucas Zeilen mittlerweile beinahe auswendig konnte, hinderte mich das nicht am Lesen, und ich ließ meinen Gefühlen freien Lauf. Unterdessen war es schon zu einem Abendritual geworden, dem ich mich nicht mehr entziehen konnte.

Nachdem einige Stunden vergangen waren, in denen ich in der Vergangenheit gefangen war, legte ich die Briefe wieder sorgfältig zusammen und verstaute sie. Erschöpft schlief ich irgendwann ein.

Mein Wecker schellte und ich drückte ihn, halb schlafend, weg. Heute war Sonntag und ich hatte keine Lust, so früh aufzustehen. Bestimmt hatte ich mich in den Wochentagen vertan, ärgerte ich mich, drehte mich um und wollte weiterschlafen, da klingelte es erneut. Erst da bemerkte ich den Unterschied zwischen dem Ton des Weckers und dem des Telefons. Mit geschlossenen Augen suchte ich danach und drückte auf eine Taste, in der Hoffnung, dass es die Richtige sein möge. Ich presste den Hörer gegen mein Ohr und wartete darauf, dass der andere zu sprechen anfing.

„Rebecca, bist du das? Hier ist dein Papa."

Mit einem Mal war ich hellwach.

„Papa, ist etwas passiert?", fragte ich, obwohl ich die Antwort bereits ahnte. All die Jahre hatte er es nicht für nötig gehalten, mich anzurufen. Zu Hause gab es lange Zeit kein Telefon. Von der Dienststelle aus rief er nur an, wenn etwas wirklich Wichtiges oder Schlimmes passiert war. Das war zumindest damals so.

Am anderen Ende der Leitung war es noch immer still und ich befürchtete schon, dass mein Vater aufgelegt hatte, da hörte ich auf einmal ein leises Schluchzen.

„Papa, was ist passiert?", schrie ich fast panisch in den Hörer hinein.

„Du musst nach Hause kommen, sofort", hörte ich ihn kraftlos sagen.

Mit einem Ruck saß ich kerzengerade im Bett und fing an, am ganzen Leib zu zittern. „Gib mir Mama, bitte, gib mir Mama." Kaum hatte ich die Worte ausgesprochen, weinte ich los. „Was ist mit ihr", fragte ich, obwohl ich schreckliche Angst vor der Antwort hatte.

„Sie hatte einen Autounfall. Bitte, komm nach Hause." Meinem Vater fiel es hörbar schwer, zu reden.

„In welchem Krankenhaus liegt sie?" Ich klammerte mich an dieses letzte bisschen Hoffnung.

„Die Verletzungen waren zu schwer." Die Stimme versagte ihm endgültig. Minutenlang Stille. Dann hörte ich meinen Vater zum ersten Mal weinen.

„Ich komme, so schnell ich kann." Ohne auf ein weiteres Wort zu warten, legte ich auf. Wahllos packte ich ein paar Klamotten zusammen und rief ein Taxi. Keine halbe Stunde später saß ich im Zug. Die ganze Zeit über liefen mir Tränen die Wangen hinab und tropften auf meinen Pullover. Selbst als sich der Waggon füllte und mich einige fragend und besorgt anschauten, konnte ich sie nicht unterdrücken. Wut überkam mich, gemischt mit Angst und unendlicher Trauer. Tiefer Kummer darüber, dass

65

ich so wenig Zeit mit meiner Mutter hatte und Wut, weil ich es nicht geschafft hatte, mich mit ihr auszusöhnen. Jetzt war es zu spät und ich würde wohl nie erfahren, weshalb sie vor Jahren so gehandelt hatte, und mich von Luca trennte.

Oft war ich abends im Bett gelegen und hatte stundenlang darüber nachgedacht, vor was sie mich beschützen wollte. Sämtliche Möglichkeiten hatte ich in Gedanken durchgespielt, nicht eine ergab einen Sinn, und nun nahm sie dieses Geheimnis mit ins Grab. Wieder überfiel mich dieser zermürbende und stechende Schmerz, der mich wie ein Häufchen Elend zusammensacken ließ. Wieso war ich nicht ein einziges Mal nach Hause gefahren? Warum hatte ich nicht die Kraft besessen, mich mit ihr auszusprechen? Ich würde alles dafür tun, wenn ich sie wieder in die Arme nehmen dürfte. Gedanken, die mich in den Wahnsinn trieben. Endlich, nach nicht enden wollenden zwei Stunden erreichte der Zug meinen Heimatort. Noch könnte ich davonlaufen – vor der Wahrheit. So zu tun, als wäre nichts passiert, und den Rückweg antreten. Einfach sitzenbleiben und weiterfahren. Die Idee schien mir verlockend. Zurück, dorthin, wo ich mich die letzten Jahre so geborgen und akzeptiert fühlte. In dem Moment, als ich wirklich ernsthaft über diese Option nachdachte, erblickte ich meinen Vater am Bahnhof. Ich musste mehrmals hinsehen, um mir sicher zu sein, dass er es wirklich war. Vor meiner Abreise war er ein kräftiger Mann gewesen. Eine imposante Erscheinung, mit knapp zwei Metern Körpergröße, vor der man vermutlich Angst hätte, begegnete man ihr im Finstern. Überall, wo mein Vater auftauchte, traf er auf Respekt und Anerkennung. Mit seinen dichten, schwarzen Haaren, dem gepflegten Äußeren und dank seiner Redegewandtheit war er auch für die Damen ein gern gesehener Gesprächspartner.

Manchmal hatte ich gemerkt, dass das meiner Mutter ein Dorn im Auge war, obwohl sie natürlich auch glücklich darüber war, solch einen attraktiven Mann an ihrer Seite zu haben. Der Gedanke an sie ließ die Ängste sofort wieder hochkommen.

Ich hoffte immer noch, dass es sich um ein Missverständnis handelte. Doch der Anblick meines Vaters verhieß nichts Gutes. Schnell nahm ich meinen Koffer und verließ den Zug. Als er mich sah, ging er auf mich zu. Er wirkte geschwächt und ausgemergelt, sein Gang war schleppend. Bei diesem Anblick überfiel mich großer Kummer und ich war unfähig, mich nur einen Millimeter in seine Richtung zu bewegen. Papas Haut war blass und die Haare bei Weitem nicht mehr so dicht, wie ich sie in Erinnerung hatte. In der Zeit meiner Abwesenheit war er bestimmt um dreißig Jahre gealtert. Sein Anblick war besorgniserregend.

Ohne ein Wort zu sagen, schloss er mich in die Arme. Ich konnte ihm die Freude und Erleichterung über meine Ankunft anmerken. Minutenlang verharrten wir regungslos. Gerne war ich bereit, ihm Trost zu spenden, sofern mir das in dieser Situation möglich war.

„Endlich ist mein Mädchen wieder da. Die Zeit ohne dich kam mir wie eine Ewigkeit vor", durchbrach er die Stille.

„Fünfzehn Jahre sind eine Ewigkeit." Als ich die Zahl aussprach, wurde mir erst bewusst, wie lange das war. Fünfzehn Jahre, in denen ich es nicht geschafft hatte, über meinen Schatten zu springen. Hätte ich den Zorn losgelassen und die Kraft gehabt, einen Schritt auf meine Eltern zuzugehen, dann wäre mir Zeit geblieben, kostbare Zeit. Vater erwiderte nichts darauf. Vielleicht kämpfte er gerade mit dem gleichen Gedanken.

„Lass uns fahren, lass uns nach Hause fahren." Dort würde mich alles an Mutter erinnern, trotzdem gab es gerade keinen anderen, wo ich lieber wäre. Er löste sich, ließ seine Hände auf meinen Schultern liegen und sagte: „Ich bin so froh, dass du da bist."

Ich nickte stumm. Er nahm meinen Koffer, wir gingen zu seinem Auto und fuhren in ein Zuhause, in dem nichts mehr so war, wie ich es kannte. Ein Haus, wo jemand fehlte. Ein Haus voller Einsamkeit und Trauer.

Die darauffolgenden Tage sah ich wie durch einen Schleier. Artig schüttelte ich unzählige Hände und nahm Beileidsbekundungen von mir teilweise völlig fremden Menschen entgegen. Mein Vater kümmerte sich um die Formalitäten, die eine Beerdigung mit sich brachte. Ich verkroch mich meistens in meinem alten Kinderzimmer und drückte mein Gesicht in das Kissen, als könnte ich meine Trauer darin ersticken. Erst nach und nach realisierte ich, was wirklich passiert war.

Am Abend meiner Ankunft setzte ich mich mit Vater in die Küche. Ihm fiel es sichtlich schwer, die passenden Worte zu finden. „Deine Mutter hat getrunken", fing er vorsichtig zu erzählen an. „Das ging seit Jahren so. Zuerst habe ich es nicht bemerkt. Durch Zufall habe ich die leeren Weinflaschen entdeckt, die sie im Keller hortete."

„Wie lange hat sie schon getrunken?" Entsetzt schaute ich ihn an.

„Es begann, nachdem du wieder ins Internat zurückgekehrt bist. Deine Mutter hat sich solche Vorwürfe gemacht."

„Ihr wolltet es doch damals so. Es war eure Entscheidung."

„Von Wollen war nie die Rede. Deine Mutter wollte dich nur beschützen." Tränen stiegen ihm in die Augen.

„Aber wovor?" Würde ich nun endlich eine Antwort auf die Frage bekommen, die mich all die Jahre beschäftigt hat?

„Vor dir selber." Ich verstand nicht, was er mir damit sagen wollte, doch bevor ich nachhaken konnte, fuhr er fort: „Nun, lassen wir das Thema. Ich möchte auf etwas ganz anderes hinaus."

Jetzt wäre der Moment gewesen, zu widersprechen, aber sein Tonfall ließ keine Widerrede zu. Deshalb akzeptierte ich es schweren Herzens.

„Ich habe sie mehrmals darauf angesprochen, doch sie stritt alles ab. Sie hat mir die Schuld daran gegeben." Er schluckte schwer, schien aber erleichtert, dass er endlich damit rausrückte.

„Warum denn dir?", fragte ich erstaunt.

„Unsere Ehe lief nicht besonders. Ich habe bestimmt etliche Fehler gemacht", antwortete er und atmete tief ein.

„Was hast du denn getan?"

Tränen rollten ihm über die Wangen und er wischte sie mit dem Handrücken weg. „Es ist spät", sagte er mit einem Blick auf die Uhr, die noch an derselben Stelle hing wie damals. „Lass uns ein anderes Mal darüber reden." Er stand auf und verließ den Raum. Diese Eigenschaft hatte er also auch nach all den Jahren nicht ablegen können. Ich wollte in dieser Situation nicht mit ihm streiten, deshalb verzichtete ich darauf, nachzuhaken. Die nächsten Tage beschäftigte mich die Frage natürlich sehr, zu meinem Bedauern ergab sich keine Gelegenheit, das Gespräch fortzusetzen. Von morgens bis abends waren irgendwelche Leute da, die etwas wollten.

Am Tag der Beerdigung war es besonders schlimm. Innerlich hoffte ich, dass die nächsten Stunden schnell vorübergingen. Leider zogen sie sich in die Länge und die Predigt des Pfarrers schien ewig zu dauern, genau wie der Rest der Trauerfeier. Die Menschen hier waren mir inzwischen fremd geworden. Deshalb ließ ich niemanden an mich ran. Es hätte ohnehin keinen gegeben, der mich hätte trösten können.

Erst jetzt fiel mir auf, dass ich es in den letzten Jahren erfolgreich geschafft hatte, zu niemandem Nähe zu entwickeln. Nicht einmal zu Marie, die gerne meine Freundin geworden wäre. Zu den Arbeitskollegen pflegte ich zwar ein soziales Verhältnis, jedoch eine tiefe Freundschaft wurde nie daraus. Ich wollte nicht noch einmal jemanden gehen lassen müssen oder von jemandem verlassen werden. Erst am Grab meiner Mutter wurde mir das bewusst.

Der Friedhof leerte sich. Als ich endlich alleine war, ging ich zum Grab und blickte, von unendlicher Trauer überwältigt, auf ihren Sarg. „Wenn ich dich noch einmal in die Arme nehmen dürfte", flüsterte ich und sank in die Knie. Ich legte die Rose, die ich die ganze Zeit in meiner Hand gehalten hatte, auf die Erde. „Zu Lebzeiten hätte ich sie dir bringen sollen. Nicht jetzt." An der Rose war ein Zettel befestigt. Sie würde es nicht mehr lesen, trotzdem hatten die Wörter eine tiefe Bedeutung für mich.

*Das Gewissen nagt an mir, die Feigheit wird mich irgendwann zerstören. Verzeih mir*, stand darauf.

Nach einer Weile raffte ich mich auf und betete. Keine Ahnung, wann ich das letzte Mal zu Gott gesprochen hatte. Jetzt half es mir und darum tat ich es.

„In der schwersten Not wirst du dich zu Gott hinwenden und ihn um Hilfe bitten", hatte Mutter einmal gesagt, als ich mich weigerte, mit ihr zum Gottesdienst zu gehen. Jetzt hoffte ich, dass sie damit recht gehabt hatte. Kaum waren die Worte über meine Lippen gekommen, flüsterte mir plötzlich jemand von hinten ins Ohr: „Beccy, meine kleine Beccy."

Hat Gott mein Gebet wirklich erhört? Ich drehte mich um und blickte Luca in die Augen. Ihn nach so vielen Jahren wiederzusehen, tröstete mich in der Trauer um meine Mutter.

„Jetzt wird alles gut." Dankbar und voller Zuversicht fiel ich ihm in die Arme und ein unbeschreibliches Gefühl durchflutete mich.

„EINES TAGES IST ES ZU SPÄT,
WENN DU ERKENNEN MUSST,
DASS DU ALL DIE WORTE DIE DU
GERNE GESPROCHEN HÄTTEST,
NICHT MEHR SPRECHEN
KANNST.

UND DIE ERINNERUNGEN
ZERSTÖREN DICH VON INNEN,
OHNE DAS ES JEMAND
BEMERKT."

# Kapitel 6

Sogleich schien alles perfekt. Nach den vielen Jahren der Trennung fühlte ich mich endlich angekommen. Meine Empfindung bei unserer ersten Begegnung damals verstärkte sich nun. Wir teilten dieselben Werte, Wünsche, Interessen und Ansichten. Unsere Geschmäcker und Gewohnheiten waren nahezu identisch, und so bildeten wir das perfekte Team. Wir wussten immer, was der andere gerade wollte, ohne dafür große Worte zu brauchen. Es war eine Vertrautheit zwischen uns, als wären die fünfzehn Jahre einfach ausradiert worden. Es zählte nur noch das Hier und Jetzt.

Nachdem wir ein paar Tage, die ich sowieso bleiben wollte, miteinander verbracht hatten, war uns beiden klar, dass wir zusammenbleiben wollten. Ich kündigte meinen Job in München und zog in einer Nacht und Nebel Aktion zu ihm.

An unserem ersten Abend machten wir es uns auf der Couch bequem. Lucas Wohnung war geschmackvoll eingerichtet. Er war mittlerweile von zu Hause ausgezogen und bewohnte eine kleine Dachwohnung in der Nachbarschaft. Eng schmiegte ich mich an ihn und zog mir die weiche Wolldecke bis zum Kinn.

„Es fühlt sich alles so richtig an. So perfekt." Dabei lächelte ich ihn an und schlang meinen Arm um seinen Körper.

„Es ist perfekt. Wir gehören einfach zusammen."

„Und was jetzt?" Ich war immerhin schon über dreißig. Wenn das eine Jahr auch nicht der Rede wert war, so konnte ich nicht abstreiten, dass eine Drei vor der Null stand. Angesichts dieser Tatsache wollte ich mit Nachwuchs nicht mehr allzu lange warten.

„Ich weiß, worauf du hinaus willst." Als könnte er meine Gedanken lesen, sprach er über seine Zukunftspläne. „Natürlich will ich Kinder. Ich habe so lange auf dich gewartet, wenn, dann mit dir. Zuerst möchte ich mich in meinem Job hocharbeiten, damit ich für dich und unser Kind sorgen kann." Seine Erklärung klang plausibel und ich hatte nichts dagegen einzuwenden. Wichtig war, dass er Kinder wollte und natürlich, dass er sie nur von mir wollte. Auf so einen Mann hatte ich all die Jahre gewartet. Jemand, der nicht lange fackelt und zu seinem Wort steht. Ich bewunderte seine intelligente, einfühlsame und unendlich großzügige Art. Im Gegenzug wurde er nicht müde, mir zu sagen, wie außergewöhnlich hübsch und einmalig er mich fand.

Die folgenden Tage, die sich Luca extra freigenommen hatte, gingen wir oft spazieren und redeten über die vergangenen Jahre, die uns genommen worden waren. Unser Spaziergang führte uns an der Bank vorbei, wo wir uns das zweite Mal geküsst hatten. Wir sahen uns an und lächelten. Dann ließen wir uns darauf nieder und beobachteten das Treiben der Vögel auf der Wiese.

„Wie hast du es all die Jahre ohne mich ausgehalten?" Liebevoll strich er mir über den Rücken.

„Gar nicht." Ich musste an den Tag denken, als mich sein Brief erreicht hatte. Bis jetzt hatte es sich nicht ergeben, darüber zu reden, doch jetzt schien mir der richtige Moment dafür. „Dein Brief hat mich sehr verletzt. Ich habe mich alleine gefühlt, verlassen von meinen Eltern und dann hast du mich noch im Stich gelassen." Nachdenklich schaute er mich an. „Aber du warst diejenige, die nicht mehr zurückwollte! Ich habe so lange auf dich gewartet."

Der Moment schien mir zu wertvoll, um ihn mit Ereignissen aus der Vergangenheit zu zerstören, deshalb lenkte ich ein und küsste ihn. „Lass es uns einfach vergessen." Luca nickte stumm.

Ich liebte diese Stunden, in denen wir nur für uns waren. Und so verspürte ich in den ersten Tagen nicht das Verlangen, seinen Freundeskreis kennenzulernen. Erst nachdem er wieder zu arbeiten anfing, und ich tagsüber alleine in unserer Wohnung saß und nichts mit mir anzufangen wusste, begann ich, mich nach seinem Umfeld zu erkundigen.

„Wir sehen uns nicht oft. Ich habe in der Arbeit so viel zu tun, da blieb in den letzten Monaten keine Zeit, um Freundschaften zu pflegen", war stets seine Antwort auf meine Bitte, dass wir auch zusammen etwas unternehmen könnten. Überhaupt war er recht scheu, was die Öffentlichkeit anbelangte. Selten gingen wir zusammen einkaufen oder abends essen. Sobald wir unter Menschen waren und er sich beobachtet fühlte, ging er auf Abstand und wirkte kühl. Oft habe ich ihn auf sein Verhalten angesprochen. Dann bekam ich zu hören, ich würde mir das bloß einbilden. Und so glaubte ich es irgendwann und akzeptierte es. Zu Hause angekommen, wurde ich allerdings für seine Nichtbeachtung entschädigt. Er wusste um meine Schwachstellen und wie ich weich zu bekommen war. So verwöhnte er mich mit Massagen, Blumen und handgeschriebenen Liebesbriefen, die er mir gerne abends auf der Terrasse vorlas. In solchen Momenten schimpfte ich mit mir selber. Wie konnte ich nur für einen kleinen Moment glauben, er würde mich nicht aufrichtig lieben.

Nachdem ein paar Wochen vergangen waren, veränderte sich sein Wesen plötzlich. Oder war es schleichend gekommen und ich hatte es nicht bemerkt? Er wurde in eine andere Abteilung versetzt. Von da an kam er abends oft spät nach Hause und wirkte gereizt und müde. Aber ich war mir sicher, dass unsere Beziehung gefestigt genug war, um das auszuhalten. Es genügte mir, wenn er anwesend war, und so verdrängte ich seine Launen.

Erst nachdem es nach der angekündigten Umstellungsphase in Betrieb nicht besser wurde, und er auch am Wochenende häufiger beruflich unterwegs war, wurde ich misstrauisch. Eines Abends konfrontierte ich ihn mit meinem Verdacht, obwohl er mir im selben Moment lächerlich vorkam.

Wir saßen in der Küche und ich stellte das aufgewärmte Essen auf den Tisch, als ich all meinen Mut zusammennahm: „Es stimmt doch was nicht, oder?"

Er schaute mich fragend an und erwiderte: „Wie meinst du das?"

„Ich merke doch, dass dich etwas bedrückt. Hat es etwas mit der Arbeit zu tun?", redete ich um mein eigentliches Anliegen herum.

Er schob sich eine Gabel mit Essen in den Mund und murmelte: „Nein, alles in Ordnung."

„Hast du eine andere?", platzte ich nun doch heraus. Für einen Moment war ich über meine Direktheit selber überrascht. Luca erging es nicht anders und er schaute mich mit offenem Mund an. Er schluckte und ich merkte ihm an, dass er meine Worte erst einmal sortieren musste. Stumm wartete ich auf seine Antwort.

„Bist du verrückt?", lachte er und stand auf. Ich tat es ihm gleich, um ihm auf Augenhöhe zu begegnen, falls es zu einer Auseinandersetzung kommen würde. Aber er zog mich schmunzelnd in die Arme und knabberte an meinem Ohr, wie er es immer tat, wenn er mich milde stimmen wollte. Ich schob ihn sanft weg. „Ich möchte eine ehrliche Antwort, Luca."

„Deine Unterstellungen sind komplett an der Realität vorbei!" Jetzt wurde er lauter. Aber in seinen Augen lag wieder dieser Blick, der mich jedes Mal dahinschmelzen ließ. „Ich mache das alles für uns. Damit wir bald eine Familie sein können und es dir gut geht. Wie denkst du über mich? Glaubst du allen Ernstes, ich habe so lange auf dich gewartet, um dich dann nach kurzer Zeit zu betrügen?" Seine Argumente erschienen mir glaubwürdig. Erleichtert atmete ich auf und ließ seine Umarmung zu, die nun wieder enger wurde.

„Lass uns jetzt essen", flüsterte er mir ins Ohr, nachdem wir eine Weile eng umschlungen dagestanden waren. Damit war die Sache vom Tisch. Zumindest für ihn. Mich beschäftigte die Frage auch Tage danach noch. Und die Zweifel über sein Verhalten hielten sich hartnäckig in meinem Kopf. Mein Herz jedoch vertraute ihm blind und die Liebe zu ihm war noch genauso groß wie am ersten Tag.

Für eine Weile schien es nach diesem Gespräch wirklich so, als würde sich seine berufliche Situation zum Guten wenden. Er erschien abends pünktlich zum Essen und versicherte mir jedes Mal sehr glaubwürdig, dass er bald befördert werden würde, und unserem größten Wunsch nichts mehr im Wege stand. Meine Fragen nach Details wich er aus oder beantwortete sie mit Gegenfragen.

Mittlerweile waren vier Monate vergangen und ich wurde immer unzufriedener mit der Situation. Deshalb überlegte ich ernsthaft, ob ich nach einer Beschäftigung Ausschau halten sollte. Als ich an ei-

nem Nachmittag in einem kleinen Buchladen vor-
beischaute, sah ich dort einen Aushang, dass nach
einer Aushilfe gesucht wurde.

Ich erzählte Luca am Wochenende von dem Job, er
war allerdings alles andere als begeistert. Aber
dieses Mal ließ ich nicht locker und überzeugte ihn
von der Idee, vorerst stundenweise dort zu arbeiten.
Am darauffolgenden Montag begleitete er mich.
Luca kannte die Ladenbesitzerin gut und versprach
mir, ein gutes Wort einzulegen. Sie verschwanden
im Büro. Währenddessen sah ich mich um und mir
gefiel die Vorstellung, hier zu arbeiten. Nach kurzer
Zeit öffnete sich die Tür und die Inhaberin kam mit
einem Lächeln heraus, gefolgt von Luca.

Als ich von meinem ersten Arbeitstag nach Hause
kam, überraschte er mich mit einem Essen und
einem Strauß roter Rosen. Ich mochte keine Rosen,
doch allein die Geste zählte. Sein Interesse war
groß, vor allem, was das Verhalten der Chefin gegenüber mir betraf. Überglücklich erzählte ich ihm
bereitwillig alles.

Die Arbeit lenkte mich eine Weile ab und ich fragte
Luca nicht mehr nach unserer Familienplanung.
Irgendwann aber, an einem Montagabend, als wir
gerade zu Bett gegangen waren, konnte ich mit
meiner Frage nicht mehr an mir halten.

„Ich möchte so gerne Kinder", seufzte ich und legte
den Kopf auf seine nackte Brust.

„Mit geht es genauso", erwiderte er mit einer gewissen Routine in seiner Stimme. Dabei streichelte er über meinen Kopf. „Wenn es in der Arbeit erst mal richtig läuft, steht unserem Familienglück nichts mehr im Wege."

„Du verdienst doch gut, es würde bestimmt reichen", sagte ich zwar leise, aber bestimmt. Luca wirkte überrascht, denn diesmal gab ich bei diesem Thema nicht nach und bohrte weiter.

„Wie willst du das eigentlich mit deiner Arbeit vereinbaren?", konterte er. Vielleicht hatte er wirklich recht und es war ein Fehler, dass ich nach einer Beschäftigung Ausschau gehalten hatte. Damit gefährdete ich unseren Wunsch und er war nun der Leidtragende. Das war nicht fair.

Beschämt fragte ich: „Meinst du, es wäre besser, wenn ich den Job aufgebe?"

„Bestimmt." Seine Erleichterung war ihm anzumerken. Ohne näher auf das Thema einzugehen, gab er mir einen Gutenachtkuss und schlief nach wenigen Atemzügen ein.

Gleich am nächsten Morgen kündigte ich. Meine Chefin reagierte gelassen, was ich erfreut zur Kenntnis nahm. Von diesem Zeitpunkt an kapselte ich mich unbewusst immer mehr von meinem Umfeld ab. Meine Bekannten aus München hatten sich, nachdem ich einfach so die Stadt verlassen hatte, nicht mehr bei mir gemeldet. Oft stand ich kurz davor, den ein oder anderen anzurufen, aber Luca hielt mich immer im letzten Moment zurück.

„Du willst ihnen jetzt nicht nachlaufen, oder? Die scheren sich doch einen Dreck um dich", sagte er. Das brachte mich jedes Mal dazu, den Hörer beiseitezulegen.

Der Kontakt zu meinem Vater war ebenfalls eingeschlafen. Seit dem Tod meiner Mutter arbeitete er Tag und Nacht und kam nur zum Schlafen und Essen nach Hause. Die paarmal, die ich ihn besuchte, wirkte er müde und erschöpft. Er erkundigte sich immer seltener nach meinem Leben. Natürlich hätte ich ihm gerne geholfen, jedoch unser Haus und Vaters traurige Art machten mir schwer zu schaffen. Ich wollte mich selber schützen, deshalb wurden die Besuche mit der Zeit weniger. Außerdem beschäftigten mich seine Worte, damals nach Mamas Tod, sehr. Ich gab ihm die Schuld daran, dass sie jetzt nicht mehr bei uns war.

Fast glaube ich, dass Vater sich dieser Schuld bewusst war und er deshalb so sehr litt. Aber wie könnte ich ihn von dieser Schuld erlösen, wo ich täglich mit meiner eigenen kämpfte.

Still litt ich und wurde immer unglücklicher. Die Situation mit Luca verstärkte meine Traurigkeit noch. Obwohl er täglich von einer Zukunft zu dritt sprach. Und jedes Mal glaubte ich ihm, um wenigstens für einen kleinen Moment froh zu sein.

„Du wirst sehen, nicht mehr lange. Dann sind wir eine glückliche kleine Familie. Wir laufen zusammen über die Wiese und lachen und machen all die Dinge, die eine Familie so macht. Nur wir drei. Nichts und niemand kann uns mehr was anhaben."

Diese Worte waren mein Rettungsanker in den unzähligen einsamen Stunden, die ich abends auf der Couch oder am gedeckten Tisch verbrachte, und auf ihn wartete.

Die Abende häuften sich wieder, an denen Luca erst spät nach Hause kam. Manchmal wartete ich bis tief in die Nacht auf ihn. Oft plagten mich Ängste, dass ihm etwas zugestoßen sei, weil er mir nicht Bescheid gab. Ich saß dann am Fenster und zählte die vorbeifahrenden Autos. „Das sechste Auto wird es sein. Ganz bestimmt."

Auf solche Weise bemühte ich mich, die Zeit des Wartens zu überstehen. Natürlich versuchte ich, ihn an solchen Abend telefonisch zu erreichen. Sein Telefon war aber ausgeschaltet. Er schob es auf wichtige Besprechungstermine, bei denen er nicht gestört werden durfte. Am Anfang machte ich ihm noch Vorwürfe. Ich erinnere mit gut daran, als ich mit einem Abendessen auf ihn wartete: Es war bereits mitten in der Nacht, als ich hörte, wie der Schlüssel umgedreht wurde.

Wie so oft saß ich in der Küche, der gedeckte Tisch vor mir, darauf eine Flasche Wodka, deren Inhalt sich zum Ende neigte. Um dieses Gefühl der Machtlosigkeit und die Verzweiflung darüber, den einzigen Menschen, den ich noch besaß, zu verlieren, griff ich immer häufiger zum Alkohol. Er war mein heimlicher Freund geworden, auf dessen Wirkung ich mich verlassen konnte. Als Luca den Kopf durch die Tür hereinsteckte und sah, wie ich gerade einen Schluck nahm, schüttelte er den Kopf. „Trinkst du wieder?" Angewidert verzog er seine Mundwinkel.

„Wo warst du?" Ich stand auf und ging auf ihn zu. Er hielt mich auf Abstand.

„Lass uns morgen reden, du kannst heute keinen klaren Gedanken mehr fassen." Er wich wieder einmal aus. Dann ließ er mich stehen und für ihn war die Sache erledigt. So endeten fast alle unsere Diskussionen. Während ich verzweifelt versuchte, die Wahrheit für sein Verhalten herauszufinden, fand er jedes Mal wieder eine Möglichkeit, die Schuld jemand anderem zuzuschieben.

Mal war es sein Beruf, der ihn so sehr stresste, mal private Probleme, die ich ja sowieso nicht verstehen würde. Er stellte sich selten einer Konfrontation. Er ging gar nicht auf meine Fragen ein, sondern lenkte vom Thema ab oder versuchte, mich mit Liebesbekundungen milde zu stimmen.

Oft war es so, dass er es nach einem Streit wirklich schaffte, ein paar Tage abends wie versprochen früher nach Hause zu kommen. Zu Beginn reichte mir das aus. Ich schöpfte wieder Hoffnung und vertraute darauf: Jetzt hat er es begriffen. Nun wird alles gut. Inzwischen häuften sich die Abende wieder, an denen er fernblieb. Bis er eines Nachts überhaupt nicht nach Hause kam und erst am darauffolgenden Tag wie gewohnt nach der Arbeit erschien.

An diesem Abend eskalierte die Situation.

„Wo warst du?" Ich bebte bei den Worten. Am liebsten hätte ich die Wahrheit aus ihm herausgeprügelt, versuchte mich aber zu beherrschen. Auch wenn es mir schwerfiel.

„Lass mich erst mal reinkommen. Ich habe eine anstrengende Nacht und einen stressigen Arbeitstag hinter mir." Unbeeindruckt schob er sich an mir vorbei.

„Halt, stehenbleiben." Ich packte ihn am Arm und hielt ihn fest.

„Was willst du?"

„Eine ehrliche Antwort. Halte mich nicht für dumm." Er lachte auf und machte mich damit noch wütender, weil er mich wieder nicht erst nahm. „Ich glaube dir kein Wort."

„Dann glaube, was du glauben willst. Ich weiß, dass ich in der Arbeit war und irgendwann erschöpft am Schreibtisch eingeschlafen bin." Im ersten Moment war ich erleichtert über die Begründung. Sofort kamen mir aber wieder Zweifel. „Du hättest mich heute Morgen anrufen können."

„Du weißt ja, wichtige Termine. Aber Schatz, das verstehst du nicht", beschwichtigte er mich.

„So, glaubst du. Ich kapiere mehr, als dir lieb ist. Ich will hier und jetzt eine Antwort auf meine Fragen, oder ich verlasse dich", platzte es aus mir heraus. Kaum waren die Worte über meine Lippen gekommen, bereute ich sie wieder. Doch ehe ich eine Entschuldigung hervorbringen konnte, traf mich seine Hand mitten ins Gesicht. Mit aufgerissenen Augen schaute ich ihn an und registrierte benommen, wie meine Wange brannte. Luca war bleich geworden. Erschrocken stammelte er eine Entschuldigung und gab im gleichen Atemzug mir die Schuld an seinem Verhalten.

„Das hättest du nicht sagen dürfen. Wir gehören zusammen, für immer. Ich liebe dich."

Ich versuchte, meine Gedanken zu sortieren, um das eben Geschehene zu begreifen. Schaffte es aber nicht.

„Ich möchte, dass du die Nacht auf der Couch verbringst", brachte ich mühsam hervor. Ich hätte ihn sofort rausschmeißen sollen, aber dazu war ich nicht fähig. Zu groß war der Schock über das, was gerade passiert war. Er lenkte ein und holte sein Bettzeug. Die ganze Nacht wälzte ich mich hin und her, konnte aber nicht einschlafen. Es war bereits nach drei Uhr, als ich in die Küche ging, um einen großen Schluck von der Schnapsflasche aus dem Kühlschrank zu nehmen. Der Alkohol benebelte meine Sinne und so fiel ich in einen unruhigen Schlaf. Als ich erwachte, war es später Vormittag.

Mein Blick ins Wohnzimmer bestätigte meine Vermutung, dass sich Luca bereits in der Arbeit befinden musste.

Auf dem Tisch in der Küche fand ich einen Brief:

*Du bist die Liebe meines Lebens. Es wird alles besser, versprochen.*

*Heute Abend komme ich früher nach Hause, dann habe ich eine Überraschung für dich.*

*Ich liebe dich, vergiss das nicht. Ich brauche dich. Ohne dich bin ich nichts.*

*Dein Luca*

*PS: Lass nicht zu, dass wir uns durch die Nähe voneinander entfernen.*

Ich legte das Blatt zurück. Ein Zettel voller leerer Worte, denen niemals Taten folgen würden. All die Monate waren es lediglich Lippenbekenntnisse gewesen, die seinen Mund verlassen hatten. Zuerst Liebesschwüre, dann Versprechungen, gefolgt von Entschuldigungen und Ausreden. Es war, als hätte er eine Strategie verfolgt, um mich von meinen Mitmenschen zu isolieren und mich abhängig von ihm zu machen. Wie von einer inneren Stimme getrieben, ging ich in sein Büro. Dieser Raum war sein Heiligtum, in dem er sich oft am Wochenende verkroch, um Berufliches zu erledigen. Nie war ich darauf gekommen, ihm nachzuschnüffeln, aber jetzt brannte ich darauf, die ganze Wahrheit zu kennen. So schmerzhaft sie auch sein sollte.

Ich hatte Glück. Sein Laptop war eingeschaltet und der Posteingang blinkte auf. Dann begann ich zu lesen. Und mit jeder E-Mail veränderte sich das Bild des Menschen, von dem ich geglaubt hatte, ihn zu kennen. Es waren Nachrichten über Spielschulden, Mails von fremden Frauen, denen er Worte schrieb, wo sich mir beim Lesen der Magen zusammenzog, und ich Angst hatte, mich an Ort und Stelle zu übergeben. Nachdem ich damit durch war, öffnete ich die oberste Schublade des Schreibtisches. Eigentlich hatte ich bereits genug gesehen. Aber in diesem Moment wollte ich alles erfahren, um genügend Gründe zu haben, ihn endlich zu verlassen.

In dem Fach befanden sich zahllose Liebesbriefe von anderen Frauen. Alle an Luca gerichtet. Einer gefühlvoller als der andere. Ich war gerade bei einem der letzten Briefe angekommen:

*Du gibst mir eine innere Ruhe,*
*in einer Welt wo alles….*

Ich schaffte es nicht mehr, weiterzulesen. So schnell ich konnte, rannte ich auf die Toilette. Ich entleerte meinen Magen und meine Seele. Ich war nicht in der Lage, das alles zu verstehen. Wer war dieser Mensch?

Wie selbstverständlich ging ich zum Kühlschrank. Ich nahm die Flasche, die noch einen Rest Wodka enthielt, heraus. Als ich sie auf der Arbeitsplatte abstellte, um mir ein Glas einzuschenken, rutschte sie mir aus der Hand und fiel zu Boden.

„LOSLASSEN WO WIR
FESTHALTEN MÖCHTEN,

WEITERGEHEN WO WIR STEHEN-
BLEIBEN MÖCHTEN.

DAS SIND DIE SCHWIERIGSTEN
AUFGABEN, VOR DIE UNS
DAS LEBEN STELLT."

Verfasser unbekannt

## Kapitel 7

Nun saß ich vor dem Scherbenhaufen. Einem Haufen aus zerbrochenen Hoffnungen und Träumen. Ich nahm eine Glasscherbe in die Hand. Ich spürte die scharfen Kanten und ballte eine Faust, bis Blut auf den Boden tropfte.

Erschrocken über mich selber und darüber, wozu ich fähig war, öffnete ich die Hand und griff nach einem Geschirrtuch. Schnell wickelte ich es mir um die Schnitte, um die Blutung zu stoppen. So weit war es also schon gekommen. Ich fügte mir selber eine Verletzung zu, um Lucas Gemeinheit besser ertragen zu können. Erst jetzt wurde ich mir des ganzen Dilemmas bewusst.

Die vergangenen Monate hatte er mich immer mehr kontrolliert und minimiert. Gezielt darauf hingearbeitet, dass ich alle meine Freundschaften aufgab, womit er Kontrolle über mein Umfeld erlangte. Auch wenn er mich nicht bedrohte, mit seiner Art, wie er Dinge zum Ausdruck brachte, hat er es immer geschafft, alles zu seinen Gunsten ausgehen zu lassen. Schon seine Bitte, meinen Job aufzugeben, hätte mich stutzig machen müssen.

Gleichzeitig war er unendlich liebesbedürftig und groß im Machen von Versprechungen, ließ aber selten Taten folgen. Er musste erst die Hand gegen mich erheben, damit mir bewusst wurde, dass es auch eine andere Form der Gewalt gab. In gewisser

91

Weise hatte er all die Zeit meine Seele vergewaltigt. Ein einmaliger Betrug hätte mich zwar verletzt, aber die ständigen Lügen hatten mich abgestumpft und an mir zweifeln lassen. War ich es, die alles falsch gemacht hatte?

Bald würde ich zweiunddreißig werden. Zu jung, um so weiterzumachen, wie bisher. So groß meine Liebe für ihn auch war, ich war nicht bereit, mich selber aufzugeben. Ich wollte eine Beziehung führen, in dem man mich mit Respekt behandelte. Selbst wenn ich wusste, dass er Gefühle für mich hatte, wurde mir jetzt klar, dass er mir nie das geben könnte, was ich von dem Mann an meiner Seite erwarte.

Vorsichtig reinigte ich die Wunde, um sie anschließend zu verbinden. Dann hob ich die Scherben auf und wischte den Alkohol mit einem feuchten Tuch auf. Nachdem alle Spuren des Unglücks beseitigt waren, ging ich ins Schlafzimmer und packte. Vieles musste ich zurücklassen. Aber zu meiner Verwunderung fiel mir das nicht einmal schwer. Denn an jedem Stück, das ich einpackte, hafteten Erinnerungen und so wanderte einiges wieder aus dem Koffer. Zum Schluss war es nicht viel, was ich in mein neues Leben mitnehmen wollte. Eilig suchte ich die paar persönlichen Gegenstände zusammen, die sich in der Wohnung befanden. Dabei hatte ich immer die Uhr im Auge. Es war bereits Nachmittag und ich wusste, dass Luca heute früher nach Hause kommen würde. Nach Tagen, an denen wir uns gestritten hatten, war dies seltsamerweise möglich. Aber nie, wenn ich mit ihm essen gehen wollte und ihn deshalb darum bat. Mir war klar, wenn er mich bei meinem Vorhaben erwischte, würde er alles unternehmen, mich zu stoppen. Bevor ich mit dem Koffer die Wohnung verließ, schrieb ich ihm noch eilig einen Brief.

Ich lass dich nie mehr an mich ran,
damit ich vergessen kann,
Was war und was sein hätte können.

Ich streiche dich aus meinem Leben
und werde so tun, als hätt es dich nie gegeben.
Die Narben verblassen irgendwann einmal.

Ich lass keine Gefühle mehr zu,
aus Angst, jemand könnte mich noch mal so verletzen wie du.

Ich underdrücke meinen Schmerz, meine Angst und meine Wut,
aus jeder Sekunde, wo ich nicht an dich denken werde, schöpfe ich Mut.

Ich habe dir alles gegeben.
Hätte ich das nicht getan, wäre ich jetzt noch am Leben.

Rebecca

PS: Ich hoffe, dass die Ferne irgendwann die Wunden heilt, die du mit deiner Nähe angerichtet hast.

Ich legte meinen Schlüssel auf das Blatt Papier und verließ endgültig die Wohnung. Nichts und niemand würde mich zurückbringen.

Mein Auto parkte direkt vor der Haustür und so war mein Koffer rasch verstaut. Ich setzte mich erleichtert auf den Fahrersitz und zog die Tür zu. Sicherheitshalber verriegelte ich sie von innen. Selbst wenn er in diesem Moment die Einfahrt passieren würde, konnte er mich so an meinem Vorhaben nicht mehr hindern.

Während meiner Fahrt ließ ich die Zeit mit Luca immer wieder Revue passieren. Wie habe ich nur so, im wahrsten Sinne des Wortes, blauäugig sein und vor der Wahrheit die Augen verschließen können? Schon damals hätte mich das Verhalten seiner Mutter und seine Erklärungen hellhörig machen müssen. Ich bereute und verfluchte den Tag, an dem ich München verlassen hatte und zu ihm zurückgekehrt war. Wenn ich doch nur in diesem Zug sitzen geblieben wäre. Jahre, die ich einfach verloren hatte. Gestohlen und kaputtgemacht von jemandem, den ich für meine große Liebe gehalten hatte. Wut überkam mich, wenn ich daran dachte, dass meine Mutter mich damals einfach weggeschickt hatte. Sie hätte es mir erklären können! Ich war kein kleines Kind mehr gewesen. Aber so schnell meine Wut gekommen war, so schnell verflog sie wieder. Wahrscheinlich hätte ich ja sowieso nicht auf sie gehört. Ich musste daran denken, wie alles mit Luca angefangen hatte. Ich war so verliebt gewesen. Die Einwände meiner Mutter waren an mir abgeprallt. Sie hätte sich den Mund fusselig reden können, es hätte nichts genützt. Leider konnte sie das Unglück nicht verhindern, lediglich ein paar Jahre hinauszögern. Bestimmt schaute sie jetzt von oben auf mich herab und schlug die Hände vors Gesicht.

„Es tut mir leid, Mama", flüsterte ich schuldbewusst. Die ganze Zeit über fragte ich mich, warum mich mein Vater nicht gewarnt hatte. War er zu sehr mit sich und seiner Trauer beschäftigt oder hatte er mit etwas ganz anderem zu kämpfen? Die wenigen Tage, die ich nach Mutters Tod bei ihm verbracht habe, zeigten mir, dass der Verlust von Mama ihn weicher gemacht hatte. Auch wenn ich lange kein Wort mehr mit ihm gewechselt hatte, so hoffte ich, dass er seine aufbrausende Art inzwischen abgelegt hatte.

Trotzdem hatte ich nie vergessen, wie er sich mir und meiner Mutter gegenüber oft verhalten hatte. Und ein ungeheuerlicher Verdacht keimte in mir auf. War ihr dasselbe oder zumindest Ähnliches widerfahren? Da war dieses Bild in seiner Schublade. Aber nein, ich schüttelte den Kopf. Das traute ich ihm nicht zu. Außerdem hätte ich das gemerkt. Ich drehte die Musik auf, um auf andere Gedanken zu kommen.

Die Zeit verflog im Nu und ich erreichte München nach wenigen Stunden Autofahrt. Unsicher bahnte ich mir langsam einen Weg durch die Stadt, bis ich vor dem Wohnhaus stand, in dem ich damals gewohnt hatte. Gekonnt parkte ich in der letzten offenen Lücke und sank erleichtert auf den Sitz zusammen. Ich hatte es geschafft, ohne dass er mich aufhalten konnte. Jetzt würde ich noch mal von vorne anfangen und meine Vergangenheit hinter mir lassen. Ich kramte nach meinem Handy und wählte die Auskunft, um mir die Nummer meines früheren Arbeitgebers durchgeben zu lassen. Als ich durchgestellt wurde, betete ich zu Gott, dass er mir eine letzte Chance geben würde. Dass ich damals einfach so, von heute auf morgen, gekündigt hatte, war nicht in Ordnung gewesen und ließ sich durch nichts schönreden.

„Kanzlei Werner & Sohn, wie kann ich Ihnen behilflich sein?", meldete sich die Empfangsdame.

„Grüß Gott, hier ist Rebecca Lins, ich würde gerne Herrn Werner sprechen", sagte ich nervös.

„Gerne, einen Moment bitte."

Dann piepte es ein paar Mal und plötzlich war der Mann in der Leitung, der darüber entscheiden würde, ob ich in München eine Zukunft hatte.

Wir telefonierten lange miteinander und ich erklärte ihm meine Lage. Dabei ließ ich nichts aus und beschönigte die Vorfälle der letzten Zeit nicht. Sofort war das Vertrauensverhältnis wieder da, das wir während der ganzen Zeit hatten, die ich für ihn gearbeitet hatte. Er hörte mir zu und zwischendurch erklang ein mitfühlendes „Oh" oder „Hm, das tut mir leid."

Als ich fertig war, blieb es einen Moment still und ich fürchtete, dass er auflegen würde.

„Ich war enttäuscht, als du damals einfach deinen Arbeitsplatz verlassen hast. Du hast nicht nur mich im Stich gelassen, sondern die ganze Firma", sagte er ruhig.

Ich fühlte mich schäbig und senkte den Kopf. „Ich konnte ja nicht ahnen ..." Meine Stimme zitterte und ich brach ab. Ich wusste, wenn ich weitersprach, würde ich in Tränen ausbrechen.

„Ich habe nachmittags keinen Termin. Komm vorbei und wir reden über alles", sagte er, wahrscheinlich hatte er meine Situation schnell erfasst. Wir vereinbarten eine Uhrzeit, dann legte er auf.

Ich verdankte Robert sehr viel.

Weil er mir noch eine Chance gab, konnte ich in München einen Neuanfang wagen. Die erste Zeit war nicht einfach und oft überkamen mich Zweifel. Bei Luca zu bleiben, wäre einfacher gewesen als wieder völlig neu anzufangen. Es gab Momente, da bereute ich meine Entscheidung. Lange war er alles für mich gewesen. Ich hatte ja nur ihn. Plötzlich alleine dazustehen, machte mir Angst. Wäre da nicht mein Chef gewesen, wäre ich bestimmt irgendwann schwach geworden und zurückgegangen. Letztendlich war es aber auch Maries Verdienst, dass ich bei meiner Entscheidung geblieben bin. Wenige Tage nach meiner Ankunft stand sie auf der Matte. Sie war die einzige Vertraute, die ich hatte, und ich war froh, mit jemandem darüber reden zu können. Sie hörte mir geduldig zu, als ich erzählte: „Ich kann dir nicht mal sagen, wann es angefangen hat. Es kam so schleichend. Irgendwann spürte ich, wie sehr mich sein Verhalten verletzte. Gleichzeitig aber liebte ich ihn und er ließ mich seine Liebe spüren. Das verunsicherte mich so sehr."

„Was hat er getan?"

„Mich gedemütigt und belogen. Und ich habe ihm immer wieder geglaubt. Er konnte alles so schön reden. Verdammt, wie naiv war ich eigentlich." Mit der Faust schlug ich auf den Tisch.

Marie streichelte beruhigend meinen Arm.

„Hatte er eine andere?"

„Ich vermute es. Da waren diese Briefe und sein seltsames Verhalten. Die vielen Abende, an denen er nicht heimkam." Unsicher ließ ich mich zurück an die Stuhllehne fallen. War meine Entscheidung voreilig gewesen? Wenn er mir die Wahrheit gesagt hätte, wäre alles einfacher für mich gewesen. So musste ich das glauben, was ich mir zusammenreimte, ohne wirklich die Wahrheit zu kennen.

„Du liebst ihn trotzdem?" Ihre Worte trafen mich, weil sie wahr waren.

99

Beschämt blickte ich auf meine Füße. „Aber warum?"

„Ich denke, weil du nicht weißt, was wirklich passiert ist. Wie sollst du mit etwas abschließen, wo du gar nicht weißt, warum er so gehandelt hat."

Maries Worte beschäftigen mich wochenlang. Tag für Tag suchte ich nach den Gründen für Lucas Verhalten. Irgendwann versuchte ich die Dinge, so wie sie waren, zu akzeptieren. Die Fragen aber blieben. Zwei Jahrzehnte lang. Das Einzige, was mich ablenkte, war die Arbeit und die gelegentlichen Treffen mit Marie und meinem Chef. Daraus bestand mein Leben nun. Etwas oder jemand anderen ließ ich nicht daran teilhaben. Doch irgendwann veränderte sich die Situation. Anfangs bemerkte ich es nicht. Dass er mich abends zum Essen einlud, schob ich darauf, dass er Angst hatte, ich könnte alleine zu Hause in Selbstmitleid zerfließen. Seine kleinen Gesten, wie das Aufhalten der Tür, oder aber dass er jede Rechnung bezahlte, führte ich auf sein einwandfreies Benehmen zurück. Erst an dem Abend, als ich wie so oft als Letzte das Büro verlassen wollte, trat er in die Tür und sagte: „Hast du einen Moment Zeit?"

„Natürlich." Ich machte auf dem Absatz kehrt und wandte mich zu ihm. Bestimmt würde es um einen wichtigen Schriftverkehr gehen, dachte ich.

„Nicht hier, lass uns in mein Büro gehen", erwiderte er.

Schweigsam folgte ich ihm, er setzte sich auf die Kante des Schreibtisches, faltete die Hände im Schoß. Zögernd trat ich näher und blieb abwartend stehen. Ich überlegte, doch es gab nichts, was ich mir vorzuwerfen hatte. Ich erledigte meine Aufgaben jeden Tag zu seiner vollsten Zufriedenheit und war eine pünktliche und freundliche Mitarbeiterin.

„Ich habe Gefühle für dich, Rebecca." Offen schaute er mir ins Gesicht. Nicht in der Lage, ein Wort zu sagen, stand ich da.

Dann lachte er auf. „Hast du all die Zeit nichts geahnt?" Mit seiner Frage lockte er mich aus der Reserve und ich fasste mich langsam.

„Nein. Ich, ich ...", plötzlich fing ich an zu stottern, und musste mich beherrschen, nicht in Tränen auszubrechen.

Obwohl nun schon so viele Jahre vergangen waren, war es in diesem Moment so, als befände ich mich wieder auf diesem Parkplatz. Ich schloss die Augen und holte tief Luft, um nicht das Gleichgewicht zu verlieren. Die letzten Monate hatte ich es geschafft, die Gefühle, die ich immer noch für Luca empfand, zu ignorieren. Der Seele sagt man nach, dass sie weiß, was sie ertragen kann und dass Gefühle, die besonders starke Schmerzen auslösen, verdrängt werden. Diesem Schutzmechanismus verdankte ich es, dass ich wieder ein halbwegs normales Leben führen konnte. Doch jetzt wurde ich davon überrannt. Und plötzlich war alles finster.

*Als ich die Augen öffnete, befand ich mich auf einem Feld inmitten von Wiesenblumen in den verschiedensten Arten und Farben. Ich saß auf einer gelben, weichen Decke und schaute dabei zu, wie Luca mit unserer Tochter Fangen spielte. Dabei flogen ihre pechschwarzen Haare im Wind und ihre Stimme hallte über das ganze Feld. Luca rannte ihr hinterher und erwischte sie schließlich. Lachend fielen sie zu Boden. Glücklich und mit einer inneren Zufriedenheit beobachtete ich die beiden. Luca kitzelte sie und sie wand sich unter ihm vor lauter Lachen. Mit einem Mal zogen dunkle Wolken auf und alles hüllte sich in dichten Nebel. Luca und meine wunderschöne Tochter verschwammen mit dem grauen Dunst und entfernten sich immer mehr, bis sie ganz verschwunden waren. Ich sprang auf und streckte schreiend meine Hände nach ihnen aus, als wollte ich sie festhalten. Aber es war zu spät. Sie waren verschwunden. Ich sank zu Boden und legte mich zusammengekauert wie ein Embryo auf die Decke. Wieder schloss ich die Augen und hoffte, dass ich sie nie mehr öffnen musste.*

Plötzlich wurde es nass auf meinem Gesicht. Wo war ich? Regnete es? Erschrocken öffnete ich die Augen. Doch es war nicht der Regen, der das angenehme Prickeln auf meiner Haut auslöste. Es war mein Chef, der versuchte, mich mit kaltem Wasser wieder ins Hier und Jetzt zu befördern.

Besorgt beugte er sich über mich.

Vielleicht war jetzt der richtige Zeitpunkt, um noch mal jemanden in mein Herz zu lassen. Irgendwann musste ich es wieder wagen. Robert war ein attraktiver Mann und an seiner Seite würde es mir gewiss an nichts fehlen. Ich war ja nicht mehr die Jüngste. In einigen Tagen stand mein fünfundfünfzigster Geburtstag an. Ein Wendepunkt im Leben. In der Hoffnung, dass sich für mich nun endlich alles zum Guten wenden würde, ließ ich es zu, dass sich seine Lippen den meinen näherten, bis sie sich berührten.

Meinen Geburtstag nutzte ich dazu, um unsere Beziehung publik zu machen. Nachdem wir von dem Abendessen zurückgekommen waren, verbrachte ich die Nacht bei ihm. Es war die erste Nacht mit einem Mann, seit ich mich von Luca getrennt hatte. Ich fühlte mich fremd. Tausend Gedanken schossen mir durch den Kopf und ich begann, über mein bisheriges Leben nachzudenken.

Für Robert war ich bestimmt mehr als eine flüchtige Liebelei. Aber ich schaffte es nicht, mich auf ihn einzulassen. Vielmehr empfand ich es als Affäre, die mich für ein paar Stunden vergessen ließ. Für die Ewigkeit hätten diese Gefühle nicht gereicht.

Mit den Monaten wurde ich immer unglücklicher, weil es den Anschein hatte, dass niemand die Kraft besaß in mein Leben zu treten, mein Herz zu besetzen und für ewig dort zu bleiben. Trotz allem, was

Luca mir angetan hatte, war er der einzige Mann gewesen, der dieses leidenschaftliche Feuer in mir entfacht hatte. So seltsam das auch klingen mag: Nur bei ihm kam ich mir geliebt vor. Obwohl er mich so unglücklich gemacht hatte, würde es niemand mehr schaffen, mich in diese Seligkeit zu versetzen, wie ich es in der einen Nacht in der Hütte verspürt hatte. Was wäre, wenn er recht hatte und wir wirklich füreinander bestimmt waren? Es war viel Zeit vergangen, seitdem ich ihn verlassen hatte. In der Hoffnung, dass er seine negativen Eigenschaften mittlerweile abgelegt hatte und auch ein Stück mit der Bereitschaft, ihn zu teilen, wenn er nur ehrlich zu mir wäre, fasste ich den Entschluss, ihm zu schreiben.

*Lieber Luca,*

*viel Zeit ist verronnen, doch meine Liebe zu dir ist nicht weniger geworden.*
*Lass uns zusammen in einem anderen Land, fernab unserer Vergangenheit neu beginnen.*

*Ich werde Am Sonntag um 19:00 Uhr am Flughafen in München, Terminal B, Gate 3 auf dich warten.*

*Deine Beccy*

*PS: Wenn wir es erst schaffen, die Ferne zu über-winden, werden wir uns für immer nahe sein.*

Für Robert schrieb ich am Samstagabend einen Brief, den ich am Tag der Abreise in den Briefkasten warf. Ich wollte seinem Wunsch nach einer glücklichen Beziehung nicht länger im Weg stehen und ihm keine Versprechen machen, die ich sowieso nicht halten konnte. Zu lange schon hatte ich seine Zeit in Anspruch genommen, ihn immer wieder vertröstet, wenn er mich bat, mit ihm zusammenzuziehen. Meine Worte wählte ich mit Bedacht. Er war ein intelligenter Mann, der viel Lebenserfahrung besaß. Er würde meine Gefühle nachvollziehen können und die Entscheidung irgendwann verstehen.

*Mein lieber Robert,*

*Das was ich dir geben kann, ist keine Liebe.*
*Es ist nur ein Gefühl.*
*Ich bin nur jemand, der dich auffängt und in die Arme nimmt, um dich irgendwann wieder loszulassen.*
*Nicht Zuneigung ein Leben lang,*
*nur Wärme für den Augenblick.*

*In Liebe, deine Rebecca*

## Flughafen München

Die Frau hinter mir gab mir einen Schubs und riss mich aus den Gedanken. „Würden Sie bitte weitergehen?", fragte sie höflich.

„Natürlich, entschuldigen Sie bitte." Rasch folgte ich der Person vor mir. Dabei drehte ich mich noch einmal um. Irgendetwas in mir hoffte weiterhin, dass er gekommen wäre. Aber selbst wenn, hätte es ebenso sein können, dass ich ihn in der Menschenmenge gar nicht sehen würde. Ich hatte nicht gewusst, wie weitläufig das hier alles war. Eine Frau wie ich, eine reife Frau, hätte natürlich einmal alleine verreisen können. Dazu konnte ich mich aber all die Jahre nicht aufraffen. Bis heute. Ich war endlich an der Reihe und gab dem netten jungen Fräulein den Reisepass und das Ticket. Meine Koffer hievte ich auf das Fließband.

Es überraschte mich nicht, dass auf der Gewichtsanzeige mehr als die zugelassenen 20 kg standen. Das mit dem Übergewicht kannte ich nicht nur von dieser Waage.

Ich schmunzelte und stellte mich mir im Spiegel vor. Eigentlich war ich für mein Alter, wie oft so gerne betont wurde, recht gut in Schuss. Allerdings hatten sich die vielen Stunden, die ich abends im Büro saß und besser auf dem Laufband verbracht hätte, mittlerweile gerächt. Aber so war das mit der Schwerkraft. Ich beneidete die jungen Dinger nicht um ihr

Aussehen, denn geistig war ich ihnen weit voraus. Das soll auf keinen Fall überheblich klingen. Was hat man mit Mitte zwanzig schon erlebt? Die Reife einer 50-Jährigen würde ich niemals gegen die Schönheit einer 20-Jährigen eintauschen wollen. Doch selbst wenn man mit sich endlich im Reinen ist, und etliches anders sieht als in jungen Jahren, glücklich war ich deshalb nicht. Ich ärgerte mich, dass ich nicht schon damals die Kraft und das Selbstvertrauen hatte, viele Dinge, und im Speziellen „ihn", anders zu sehen. Zu dieser Zeit konnte ich aber vor seinen Fehlern die Augen nicht verschließen. Mittlerweile hatte ich ihm verziehen.

„Einen angenehmen Flug wünsche ich Ihnen." Die Stimme der Frau riss mich aus meinen Gedanken.

„Vielen Dank", erwiderte ich und nahm meine Boardingcard entgegen. Langsam ging ich zu dem mir zugewiesenen Gate. Ich drehte mich ein letztes Mal um, in der Hoffnung er würde direkt hinter mir stehen. Enttäuschung machte sich in mir breit, gemischt mit Wut. Ein Gefühl, das ich nur zu gut kannte.

Dann zog ich meine Schultern zurück, richtete mich auf, atmete tief ein und schritt energisch durch die Tür.

## Kapitel 8

Nach nur zwei Stunden Flugzeit erreichte ich mein Ziel: Mallorca. Der Flughafen war groß im Vergleich zu der Insel, zumindest war das mein Empfinden. Ich schritt durch die Halle und suchte nach dem Ausgang. Als ich ihn endlich gefunden hatte, trat ich erleichtert hinaus. Eine frische Brise wehte vom Meer her und ließ die Blätter der Palmen rascheln. Ich hätte gerne noch eine Weile hier gestanden, aber die Menschenmasse, die durch die Tür drängte, wurde immer größer. Bald hatte sich ein unüberschaubarer Haufen an unterschiedlichen Generationen angesammelt.

Eilig griff ich nach meinen Koffern und ging Richtung Taxistand, ehe alle besetzt waren.

„Hola. Conducir a Paguare?" In der Eile der letzten Tage hatte ich mir ein paar Brocken der spanischen Sprache angeeignet, um die erste Zeit über die Runden zu kommen. Bewusst entschied ich mich für eine Finca, in der ich mich selbst versorgen konnte, und gegen den Trubel in einem Hotel.

„Sí, sí!", erklang eine raue Stimme. Da der Taxifahrer keine Anstalten machte, beim Einladen der Koffer zu helfen, packte ich sie eigenhändig in den Kofferraum. Dann nahm ich auf der Rückbank Platz und gab ihm die Adresse an.

Während wir zur Finca fuhren, betrachtete ich die vorbeiziehenden Häuser, eingebettet in einer kargen

Hügellandschaft. Sobald wir einen Tourismusort erreichten, prangten überall bunte Blumen und Palmen. Die unbesiedelten Flächen waren kaum mit farbenprächtigen Pflanzen bedeckt. Irgendwie erinnerte mich der Zustand der Insel an meine Seele. Dort, wo ihr Liebe widerfuhr, blühte sie auf und entwickelte ihre bunte Vielfalt. An den Stellen, wo sie vernachlässigt wurde, war es trist und leer. Die Insel weckte die unterschiedlichsten Emotionen. Auf der einen Seite war da ein Gefühl von Freiheit, dass ich so nicht kannte. Andererseits wirkte die Fremde geradezu bedrohlich und einschüchternd.

Aus dem alten Radio dröhnte spanische Musik. Ich verstand kein Wort, aber die fröhliche Melodie erheiterte mein Gemüt und ich rief mir ins Gedächtnis, warum ich hier war. Ja, warum war ich eigentlich hier?

Ich wollte mit Luca einen Neuanfang wagen. Eine allerletzte Chance sollte er bekommen und so die Wunden in meiner Seele heilen. Nun war er nicht gekommen und hatte damit alle Narben wieder aufgerissen. Ich hatte keinen einzigen Tag an unserer Liebe gezweifelt. Nur daran, dass sie eine Zukunft haben könnte. Jetzt wollte ich das herausfinden. Vielleicht hatte er meinen Brief auch nicht bekommen? Es war ja Jahrzehnte her, dass wir uns das letzte Mal gesehen haben. Ich suchte verzweifelt nach einem Grund für sein Fernbleiben.

Immerhin hatte Luca keine Möglichkeit gehabt, mich ausfindig zu machen. Nach meiner Ankunft in München mietete Robert für mich die Wohnung und ließ sie auf seinen Namen laufen. Außerdem wies er alle im Büro darauf hin, einem Luca keine Auskunft zu geben. Er hatte also nicht einmal die Chance für eine Entschuldigung. Vermutlich war er inzwischen umgezogen und ich bin wieder einmal selber schuld an der Situation. Wahrscheinlich hatte er sich mittlerweile wirklich geändert und war zu einem besseren Menschen geworden. Einem Menschen, der mich glücklich machen konnte, hoffte ich weiterhin. Der Gesang aus dem Radio bracht ab, als der Taxifahrer einen Knopf betätigte, und die Stille brachte mich in die Realität zurück.

„Estamos aquí", sagte er und lächelte. Wir waren angekommen, ich drückte ihm den abgezählten Betrag in die Hand und öffnete die Tür.

„Por favor , no se olvide de la maleta." Die weiteren Worte „Bitte" und „Koffer" verstand ich. Tatsächlich hätte ich ohne seine Mahnung mein Gepäck vergessen.

Ich war überwältigt von dieser Gegend mit den vielen kleinen Häusern, umringt von großen Palmen. So schob ich für einen Moment die bedrückenden Gedanken an Luca zur Seite.

„Gracias", murmelte ich, schloss die Tür und holte die Koffer heraus.

Die Finca konnte nicht weit entfernt sein und so machte ich mich zu Fuß auf. Nach ein paar Schritten bog ich in eine kleine Seitenstraße ein, die mehr einer Gasse glich. Der Weg war zu schmal, als dass ein Auto hindurchgepasst hätte. Aber nach wenigen Minuten war ich am Ziel angelangt.

Ein Rundbogen führte auf die Terrasse, die von Blumen und Palmen umgeben war. Auf dem gefliesten Boden waren etliche Vasen aus Terrakotta mit üppigen Blumen gefüllt. Die Finca befand sich in einem guten Zustand, was mich ungemein erleichterte. Am Ende der Terrasse angekommen, entschädigte mich der Blick über das Meer für die letzten, sehr anstrengen Stunden. Genauso hatte ich mir das Haus vorgestellt.

Hunger machte sich breit und ich lechzte nach einem Glas Sangria. Wie erwartet war der Kühlschrank jedoch leer und bis auf ein paar Gewürze und Kaffee befanden sich keinerlei Vorräte in den Schränken. Ich suchte deshalb den nächsten Markt auf, und mich mit einigen Lebensmitteln auszustatten. Ich hatte Glück, denn in diesem Ortsteil fand heute ein Markt mit frischem Obst, Gemüse, Fisch und allerlei Leckereien statt. Schnell wurde ich fündig und meine Taschen füllten sich.

Ich wollte gerade den Markt verlassen, da fiel mein Blick auf einen kleinen Laden mit Obst und Gemüse. Eigentlich hatte ich kaum mehr Platz für weitere Dinge, aber die in Körben präsentierten Früchte ließen mir das Wasser im Mund zusammenlaufen und eine Kleinigkeit ließ sich bestimmt noch unterbringen. Ich entschloss mich kurzerhand, einen Korb, der bereits gefüllt war, zu kaufen. An der Kasse stellte ich erst einmal meine Taschen ab, um die Hände freizuhaben. Dann kramte ich nach meiner Geldbörse und fischte etwas ungeschickt zehn Euro heraus. Als ich das Geld dem Mann an der Kasse reichte, bemerkte ich, dass er mich belustigt beobachtete. „Darf ich fragen, woher Sie kommen?"

Ich war erstaunt über sein perfektes Deutsch.

„Aus Deutschland. Ich bin heute erst angekommen."

Der Mann war mir sympathisch.

„Das habe ich mir gedacht."

„Wieso, weil ich wie eine Touristin wirke?" Heimlich musterte ich die Sachen, die ich heute trug, konnte aber kein typisches Merkmal dafür feststellen.

„Nein, nicht daran", er deutete auf die vollen Taschen. „Sie bekommen hier täglich frische Sachen. Touristen neigen dazu, gleich am ersten Tag zu hamstern."

Ich fühlte mich ertappt. „Und wie machen das die Einheimischen?", wollte ich wissen.

„Wir kaufen jeden Tag das, wonach uns gerade ist. Spontan. Ohne für die ganze Woche die Gerichte zu planen." Wieder hatte er mich durchschaut. „Das würde ich auch Ihnen empfehlen, Señora. Hier gibt es jeden Tag eine frische Auswahl an einheimischen Früchten und Gemüse."

„Ich werde auf Sie zurückkommen", erwiderte ich, erfreut über das angenehme Gespräch. Dann bezahlte ich und machte mich auf den Weg zurück in die Finca. Nachdem ich die Einkäufe verstaut und eine Kleinigkeit gegessen hatte, setzte ich mich auf der Terrasse in den Schaukelstuhl. Wieder stellte ich mir die Frage, warum Luca nicht gekommen war, und trotz der Wärme fröstelte es mich plötzlich. Dabei war ich mir so sicher gewesen, dass er meiner Bitte nachkommen würde.

Nun war ich alleine hier auf Mallorca, wo ich doch mit ihm einen Neuanfang hätte wagen wollen. Aber ich war erwachsen genug, um in Deutschland nicht alle Zelte abzubrechen. So hatte ich mir die Möglichkeit zurückzukehren, offengelassen.

Gleich am nächsten Tag schlenderte ich gegen Mittag erneut durch die Gassen. Für den Strand war es mir heute zu heiß, deshalb zog ich die mit Ventilatoren ausgestatteten Geschäfte vor. So arbeitete ich mich von einem Geschäft in das andere vor und hielt nach ein paar schönen Accessoires Ausschau. Nachdem ich keine fand, die mich anlachten, wollte ich zurück zur Finca zu gehen. Auf dem Weg über den Markt kamen mir die Worte des Mannes aus dem Laden in den Sinn. „Warum nicht. Etwas frisches Obst hat noch keinem geschadet." Gutgelaunt trat ich ein.

Ich wollte ein fröhliches „Guten Tag" rufen, da sah ich, dass der Händler sich angeregt mit einem Mann unterhielt. Sie sprachen spanisch und so verstand ich nicht viel von dem, was sie sagten. Einzelnen Wörtern konnte ich ihre Bedeutung zuordnen, aber für einen zusammenhängenden Satz reichten meine Sprachkenntnisse nicht aus. Ohne zu stören, ging ich an ihnen vorbei und schaute mich um. Der Ladenbesitzer bemerkte mich schließlich und ein Lächeln huschte über sein Gesicht. Ich nickte ihm zu und begann, meine Tasche mit Äpfeln zu füllen.

Als ich meine Einkäufe bezahlen wollte, verabschiedeten sich die beiden Herren voneinander. Der Händler wirkte erleichtert, nachdem der andere gegangen war.

„Probleme?", fragte ich, obwohl es eigentlich nicht meine Art war, so direkt zu sein.

„Ach, die üblichen Probleme mit den Lizenzen." Er zuckte mit den Achseln. „Mit dem Schreibkram habe ich es nicht so." Dann sah er mich interessiert an.

„Wo wir ja jetzt schon so vertraut miteinander reden: Ich heiße Alfredo."

„Rebecca." Ich reichte ihm die Hand.

„Rebecca", wiederholte er. „Schöner Name. Was hältst du davon, wenn ich dir morgen die Gegend zeige? Ich habe zwar nicht lange Zeit, weil ich um elf das Geschäft aufschließe, aber ich weiß einen schönen Fleck, der nicht weit von hier entfernt ist. Lass uns gleich in der Früh aufbrechen."

Erfreut stimmte ich zu und wir verabredeten uns für den nächsten Morgen.

Pünktlich um sieben holte mich Alfredo ab. Wir gingen zu einer nahegelegenen Bucht. Er hatte nicht zu viel versprochen. In den Morgenstunden waren hier kaum Leute. Nur vereinzelt spazierten welche vorbei, die den Eindruck aber nicht störten. Das Meer rauschte und die Luft hätte reiner nicht sein können. Wir blickten hinaus und auf einmal legte Alfredo den Arm um mich. Seltsamerweise fühlte es sich richtig an und ich rückte noch ein Stück näher an ihn ran.

„Fast schon unheimlich", sagte ich leise.

„Warum denn?" Er schaute mich interessiert an.

„Ich habe nicht gedacht, dass mir das in meinem Alter noch einmal passiert. Ich fühle mich gerade wie ein junges Mädchen." Das Kribbeln und meine Nervosität verschwieg ich ihm.

Er schmunzelte. „Du sprichst ja, als würden wir schon zum alten Eisen gehören." Sofort wurde sein Gesichtsausdruck sehr liebevoll und auch ein bisschen ernst. „Dabei liegt noch so viel Zeit vor uns. Ich für meinen Teil möchte die nicht alleine verbringen."

Überrascht über seine ehrlichen und direkten Worte stimmte ich ihm zu. „Nein, das möchte ich auch nicht."

Die Stunden waren schnell vorbei. Nachdem wir einen Kaffee an der Strandpromenade getrunken hatten, musste Alfredo in sein Geschäft zurück.

Von diesem Tag an sahen wir uns fast täglich. Wenn nicht morgens, schaute ich nachmittags in seinem Laden vorbei und half ihm beim Einsortieren der Ware. Je mehr Zeit verging, umso besser arbeitete ich mich ein, die Tätigkeit machte schon richtig Spaß. Alfredo erzählte mir von seinen Problemen mit den Schreibarbeiten und ich bot an, ihm zu helfen, soweit es mit meinen Sprachkenntnissen möglich war. Ich fühlte mich gebraucht und dadurch, dass er alles von seinem Leben preisgab und um nichts ein Geheimnis machte, waren wir uns bald sehr vertraut. Die Gedanken an Luca wurden weniger, aber ein Funke Hoffnung blieb, dass er vielleicht doch kommen würde.

„DIE DINGE LOSZULASSEN,
BEDEUTET NICHT SIE LOSZU-
WERDEN.
LOSZULASSEN BEDEUTET:
DIE VERGANGENHEIT
SEIN LASSEN"

## Kapitel 9

Die Wochen vergingen rasend schnell. Mit jedem Tag, der meine Abreise näher brachte, wurde ich unruhiger. Für meine Auszeit hatte ich leichtsinnig meinen gesamten Urlaub geopfert. Meine Wohnung war gekündigt und zurück in meinen alten Job konnte und wollte ich nach der Geschichte mit Robert nicht mehr.

Auf Mallorca zu bleiben schien mir aber angesichts der Lage, dass ich Luca nicht aufgeben konnte, keine Option. Denn wenn ich hier bliebe und damit den Weg für Alfredo freimachen würde, wäre das ein Zeichen, dass ich die Liebe zu Luca endgültig aufgeben würde. Dagegen sprach der Funke Vertrauen, der mich glauben ließ, dass diese Liebe, die so groß begann, weiterhin eine Chance hätte.

Nun kam der Abreisetag näher, und wie schon damals in München musste ich jetzt eine Entscheidung treffen. Es gab nur zwei Optionen: Hier bleiben und mich auf Alfredo einlassen oder zurückreisen und an Luca festhalten.

Vielleicht war es jetzt die letzte Möglichkeit, die sich mir bot. Schon einmal hatte ich es bereut, nicht zurückgekehrt zu sein. Und ich wollte auf keinen Fall wieder jemandem so weh tun wie Robert. Deshalb machte ich Alfredo von vornherein keine falschen Hoffnungen. Mir blieben noch wenige Tage, um herauszufinden, welche Entscheidung die Richtige war.

Am letzten Sonntagmorgen setzte ich mich wie jeden Tag, nachdem ich mir das Frühstück auf den Terrassentisch gestellt und die Tagespost reingebracht hatte, auf meinen Stuhl und genoss die herrliche Aussicht auf das Meer. Genüsslich schlürfte ich Tee und lehnte mich zurück.

Wie jeden Morgen konnte ich mich an der Aussicht nicht sattsehen und sog den salzigen Duft des Meeres förmlich in mich auf. Als ich die Tasse absetzte, läutete es an der Türe. Schon von Weitem sah ich den Postboten, der mich bestens gelaunt begrüßte. Er hielt mir einen Brief entgegen, bat mich, den Empfang zu quittieren. Erst als er mir den Rücken zukehrte und weiterging, bemerkte ich, dass es sich um ein Einschreiben handelte. Wer würde mir schreiben? Niemand kannte meine Adresse. Während ich grübelte, schellte das Telefon. Ich nahm den Hörer ab. „Alfredo, schön das du dich meldest", begrüßte ich ihn, denn ich kannte seine Nummer.

„Meine Liebe, einen wunderschönen guten Morgen", grüßte er zurück. „Wenn du bereit bist, würde ich dich in einer halben Stunde zu unserem geplanten Ausflug abholen."

„Sehr gerne, ich warte an der Tür auf dich."

„Ich freu mich", sagte er und legte auf.

Behutsam verstaute ich den Brief in meiner Tasche. Dann räumte das Geschirr in die Küche. Nachdem ich mich noch in Schale geworfen und mir die Tasche mit Portemonnaie, Sonnenbrille und dem mysteriösen Brief umgehängt hatte, verließ ich das Haus.

Alfredo hatte mir inzwischen die schönsten Ecken von Mallorca gezeigt. Für den heutigen Ausflug hatte er sich den ganzen Tag Zeit genommen und den Laden geschlossen. Der Hafen von Andratx sollte ein besonderes Erlebnis werden. Wie vor jedem Ausflug war ich aufgeregt und freute mich auf die neuen Eindrücke.

Alfredo belieferte mit seinem Geschäft auch viele Bistros, daher hatte er Kontakt zu etlichen Inselbewohnern. Dadurch lernte ich die Mallorquiner und ihre Lebensfreude kennen.

Bis zu unserem Ausflugsziel waren es nicht weit, und Alfredo schwärmte die ganze Fahrt über von diesem Ort. „Du wirst diesen Hafen und seine Leute lieben. Die Gegend umgibt ein besonderes Flair."

Ich musste schmunzeln bei diesen Worten. „Das sagst du bei jedem unserer Ausflüge. Du bist hoffnungslos verliebt in die Insel."

„Nicht nur in die Insel", konterte er. Seine erfrischend jugendliche Art, und wie er gewissen Dingen Ausdruck verlieh, gefiel mir. Er schaffte es glatt, dass ich mich in seiner Gegenwart um zehn Jahre jünger fühlte. Ich erwiderte nichts. Damit würde ich ihn verunsichern, aber ich wusste einfach nicht, wie ich meine Gefühle einordnen sollte. Ich verdrängte die Gedanken, die mich traurig stimmten, und wandte mich wieder den erfreulichen Dingen zu. „Und was ist jetzt die schönste Sehenswürdigkeit am Hafen?"

„Außer meiner Wenigkeit?" Er lachte und auch ich musste schmunzeln. „Lass dich überraschen, wir sind gleich da."

Kurz darauf waren wir angelangt und parkten in einer Seitenstraße. Das Parksystem auf Mallorca ist eine Wissenschaft für sich, aber Alfredo war durch nichts aus der Ruhe zu bringen.

Händchenhaltend schlenderten wir die Strandpromenade entlang. An der Mole blieb ich stehen und schaute beeindruckt aufs Meer hinaus. „Siehst du diese Jacht? Wenn das mal nicht ein Traum von einem Schiff ist."

Er legte den Arm um meine Schulter, zog mich näher an sich heran. „Wenn du geglaubt hast, ich wäre im Besitz einer Jacht, muss ich dich enttäuschen. So viel wirft mein Geschäft nicht ab."

Ich gab ihm einen Stoß mit dem Ellbogen. „So war das überhaupt nicht gemeint. Aber der Anblick hat etwas von Freiheit."

„Da muss ich dir recht geben. Vielleicht ergibt sich einmal eine Gelegenheit, dann segeln wir auf und davon. Was meinst du dazu?" Ich wusste, dass er mit seiner Frage auf unsere gemeinsame Zukunft anspielte. Ohne ihm dabei große Versprechungen zu machen, erwiderte ich: „Das wäre bestimmt schön."

Wir gingen weiter, um die anderen Schiffe zu bestaunen. Eines mächtiger und eindrucksvoller als das andere, ich kam aus dem Staunen nicht mehr heraus. Jedes wollte ich mir aus nächster Nähe anschauen und merkte dabei gar nicht, wie schnell die Zeit verging.

Es war bereits früher Nachmittag, als wir uns in ein Café setzten und Kaffee und Kuchen bestellten. Eine kleine Ewigkeit saßen wir dort und beobachteten die Boote. Von hier aus hatte man einen herrlichen Blick über den kompletten Hafen. Alfredo erzählte mir viel über das Land und die Leute und wurde dabei nicht müde, die Vorteile dieser Insel aufzuzählen.

„Du willst mir unbedingt schmackhaft machen, hierzubleiben, oder?"

Sein Lächeln verschwand. Die Stimmung schlug um und Alfredo schaute mich eindringlich an. „Wie deutlich soll ich es dir noch sagen? Natürlich möchte ich, dass du bei mir bleibst. Wir können zusammen den Laden führen. Und wenn wir nicht arbeiten, möchte ich mit dir händchenhaltend die Strandpromenade entlanggehen. Ein Leben lang. Bis wir alt und runzlig sind." Sein Lächeln war wiedergekehrt. „Nun, Ersteres sind wir ja bereits."

Gerne hätte ich dasselbe auch zu ihm gesagt. Aber der Brief von heute Morgen beschäftigte mich einfach zu sehr. Obwohl der Tag mit Alfredo wie immer wundervoll war und Balsam für meine Seele, gab es Momente, in denen ich an Luca denken musste. Denn er war der Mann, von dem ich glaubte, den Rest meines Lebens verbringen zu dürfen. Deshalb blieb ich Alfredo die Antwort schuldig. Der Kellner kam und wir bezahlten.

Nach dem Ausflug öffnete er mir wie jedes Mal die Autotür und begleitete mich galant zum Eingangstor der Finca. „Ich warte so lange, bis du dir sicher bist." Er wusste, dass ich für eine gemeinsame Nacht nicht bereit war. Und obwohl ihn das bestimmt enttäuschte, behielt er diese Gefühle für sich und setzte mich nicht unter Druck. Deshalb verabschiedeten wir uns mit einem zärtlichen Kuss, ohne ein weiteres Treffen zu vereinbaren. Wir sahen uns sowieso täglich in Alfredos Laden.

Nach einer kurzen Rast auf der Terrasse machte ich mich mit dem Rad auf den Weg zu der naheliegenden Kapelle, auf einem Berg unweit des kleinen Örtchens Paguera. Abends, wenn die Sonne unterging, waren hier selten Touristen und ich kam öfter hierher, um für mich sein zu können. Dieses Mal aber war es anders. Ich kam nicht alleine – sondern in Begleitung dieses Briefes. Die Ungewissheit über den Inhalt bereitete mir ein ungutes Gefühl.

Oben angekommen, lehnte ich das Fahrrad gegen einen Baum und ging um die Kapelle herum. Außer Atmen ließ ich mich auf einem Stein nieder und kramte nach dem Brief. Er war ein bisschen zerknittert und ich streifte ihn glatt. Dann öffnete ihn behutsam. Mein Herz klopfte mir bis zum Hals, als ich erkannte, dass es Lucas Schrift war. Ich atmete tief durch, meine Hände zitterten. Aufgeregt begann ich zu lesen.

*Meine liebe Beccy,*

dein Brief hat mich ziemlich aus der Bahn geworfen. Denn ich dachte, ich sei über dich hinweg. Aber als ich deine Worte las,

waren all die Gefühle, die ich einmal für dich empfand, wieder da.

Deshalb bin ich zum Flughafen gefahren, so wie du es mir geschrieben hast. Ich habe auf dich gewartet und plötzlich standest du unmittelbar vor mir. Ich konnte dich riechen, so nah war ich dir.

Doch du warst mit deinen Gedanken weit weg und hast mich nicht bemerkt. Gerne wäre ich einfach auf dich zugegangen und hätte dich umarmt, mein Gewissen hat mich daran gehindert.

Ich bin mir sehr wohl bewusst, was ich dir angetan habe. Ich habe dich verleugnet und bin nicht zu dir gestanden. Obwohl ich dich sehr geliebt habe und, wie ich jetzt weiß, immer noch tiefe Gefühle für dich empfinde, habe ich damals mich selber mehr geliebt.

Erst mit den Jahren habe ich begriffen, dass ich wohl nie in der Lage sein werde, eine Frau glücklich zu machen, weil ich mit mir selber nicht im Reinen bin. Unbewusst habe ich wohl das Verhalten meines Vaters kopiert.

Obwohl ich nie so werden wollte wie er.

Deshalb habe ich dort am Flughafen das getan, was ich schon damals, als du als sechzehnjähriges Mädchen nach München zurückgingst, tun hätte sollen:

Ich lasse dich gehen.

In Liebe

Dein Luca

PS: Es war nicht leicht, deine Adresse herauszubekommen. Sogar deinen Vater habe ich gefragt.

Letztendlich war es Robert, der mir deinen Aufenthaltsort preisgab. In dem Umschlag befindet sich ein weiterer Brief. Er ist von deinem Vater.

Zögernd nahm ich ihn heraus und öffnete ihn genauso langsam wie den Ersten.

*Meine liebe Rebecca,*

*ich habe dir einen Brief deiner Mutter beigelegt. Ich hoffe, du findest darin die Antworten, nach denen du so lange gesucht hast. Diesen Brief trug deine Mutter am Tag des Unfalls bei sich. Sie war auf dem Weg zur Post, um ihn dort aufzugeben. Auch wenn nie eine Antwort kam, war es ein Trost für sie, dir zu schreiben. Für sie war es, als wenn sie damit die Ferne überbrücken könnte, um für einen kurzen Moment deine Nähe zu spüren. Deine Mutter hat dich geliebt. Mehr als alles andere auf der Welt. Sie war eine wundervolle Frau. Ich habe sie nie geschlagen, aber wohl auf eine andere Art sehr verletzt. Verzeih mir.*

*Dein Vater*

Endlich würde ich die Wahrheit erfahren. Befreit atmete ich auf und las die Zeilen meiner Mutter:

*Manchmal muss man loslassen,*
*um wieder Platz für Neues zu schaffen.*

*Manchmal muss man jemanden gehen lassen,*
*um ihn vor etwas zu beschützen.*

*Manchmal muss man eine Entscheidung*
*treffen,*
*um sie dem anderen abzunehmen.*

*Liebe Rebecca,*

*ich hoffe sehr, dass du meinen Brief bekommst. Ich bereue es zutiefst, dir damals nicht die Wahrheit gesagt zu haben. Von Anfang an wusste ich, dass Luca dich nicht glücklich machen kann.*
*Bei dem Vorfall, zu dem dein Vater gerufen wurde, handelte es sich um häusliche Gewalt. Meine Angst, dass Luca dir Ähnliches antun könnte, war einfach zu groß. Deshalb schien mir die Option, dich zurück ins Internat zu schicken, die beste Lösung.*
*Vielleicht habe ich voreilig reagiert. Es tut mir leid, wenn ich dich damit verletzt habe. Ich wollte dich nur beschützen, und wünschte mir für dich ein besseres Leben als jenes, das ich habe.*

*In Liebe, deine Mama*

Die Worte verschwammen vor meinen Augen.

Sie berührten meine Seele da, wo sich all die Jahre ein großes schwarzes Loch mit unendlich vielen Fragen befand. Mein schlechtes Gewissen hatte mich oft zerfleischt und nächtelang nicht schlafen lassen. Jetzt war es, als würde mir diese Last von den Schultern genommen.

Schmerz durchbohrte meine Brust und mein Puls raste. Ich hatte Mühe, klar zu denken. Die ganze Zeit über hatte ich einen Wunsch mit mir herumgetragen, ihn in meinem Innersten verborgen gehalten, um den Schuldgefühlen nicht zu viel Raum zu geben. Auch wenn es mir nie mehr möglich sein würde, meine geliebte Mutter in den Armen zu halten, so war dieses Stück Papier mit ihrer Handschrift wie ein Teil von ihr, den ich ab nun immer bei mir tragen würde.

Erst durch den Brief meiner Mutter hatte ich die Wahrheit begriffen. Ihre Zeilen halfen mir, in der jetzigen Situation eine Entscheidung zu treffen. Ich habe es einfach nicht geschafft, loszulassen. Dabei wäre das die Lösung gewesen. Wenn ich losgelassen hätte, hätte die Beziehung mit Robert eine Chance gehabt. Aber jetzt ergab sich mir erneut diese Möglichkeit, mich auf etwas Neues einzulassen. Loslassen von meiner Vorstellung, dass eine glückliche Zukunft mit Luca noch immer möglich war. Auch die Illusion einer gemeinsamen Tochter.

Dazu war es zu spät. Hätte ich früher losgelassen, hätte das Leben mir die Chance, Mutter zu werden, vielleicht geboten. Glücklich wollte er mich machen und mir ein Leben bieten, zu dem kein anderer Mann fähig sein würde. Das waren seine Worte, die sich eingebrannt hatten, und die ich tatsächlich geglaubt hatte. Sogar jetzt noch. Er hatte mich um meine kostbarsten Jahre betrogen. Oder hatte ich mich selber betrogen?

Ich schüttelte wütend den Kopf. „Nein, mich trifft keine Schuld." Das hat Luca mir die ganze Zeit einzureden versucht. Immer wieder sprach ich diese Worte und mit jedem Mal wurde ich lauter. „Nein!" Mittlerweile schrie ich beinahe und die Worte hallten nach. Wie ein Echo kam es zurück „Nein, dich trifft keine Schuld."

Mit zitternden Beinen stand ich auf und taumelte zwei Schritte vorwärts Richtung Abgrund. Plötzlich fühlte ich mich so unbeschwert und frei. Als könnte ich davonfliegen und alle meine Sorgen hinter mich lassen. Lucas Brief hielt ich dabei fest in meiner Hand. Jetzt war es an der Zeit, ihn endlich gehen zu lassen. Ihn und meinen Wunsch nach einer Familie und einer gemeinsamen Zukunft mit ihm. Er war nicht real. Niemals würde er sich ändern, und er würde mir niemals erklären können, warum er so gehandelt hatte. Vermutlich weiß er es selber nicht einmal. Ich stand jetzt unmittelbar vor dem Abgrund. Meine Zehenspitzen berührten die vorderste Kante des Steines, unter dem sich der Felsabhang auftat. Ich lass Lucas Worte ein letztes Mal durch. Dann zerriss ich seinen Brief in viele kleine Stücke und streute sie in die Luft. Ich ließ los.

*Leicht wie eine Feder wurden meine Ängste, die der Wind davontrug. All die Zweifel und Unsicherheit waren mit einem Mal wie ausradiert. Schwerelos schwebte ich dem Himmel entgegen und so sehr ich mich bemühte, Luca irgendwo zu entdecken, gab es weit und breit keine Spur von ihm. War das hier überhaupt noch eine Vision oder bereits Realität? War ich wirklich gesprungen und nun auf dem Weg zu meiner Mutter? Die Wolken, die gerade so nah schienen, entfernten sich. Ein Blitz zuckte hervor, fast so, als wollte er mir drohen, keinen Schritt weiterzugehen.*

Erleichtert spürte ich festen Grund unter meinen Füßen. Ich kehrte um, steckte den Brief meiner Mutter ein und ging zurück zum Fahrrad, um den Heimweg anzutreten.

In der Finca angekommen, packte ich eilig ein paar Sachen in eine größere Tasche. Nachdem ich das Taxi gerufen hatte, das mich prompt abholte, fand ich mich nach einer Stunde Autofahrt auf dem Flughafen wieder. Ich hatte Glück, so ergatterte ich den letzten Flug vor Mitternacht.

Erleichtert, dass alles so reibungslos geklappt hatte, ließ ich mich auf meinem Sitz nieder. Der Flug nach Deutschland dauerte nicht lange, gerade lange genug, um mir über einige Dinge Gedanken zu machen.

Viele Jahre hat es gedauert, damit mir bewusst wurde, dass ich all die Zeit den falschen Menschen und Zielen nachhing. Ich hatte es nicht geschafft, mich davon zu lösen, weil ich vor dem, was danach kommen könnte, Angst hatte. War es Bequemlichkeit oder die Furcht vor dem Neuen und Unbekannten?

Eine unter zig Fragen, die mich oft beschäftigt hatte. Ich hielt mir die ganze Zeit über die Option offen, zurückzukehren. Deshalb hatte ich es nie geschafft, mich auf jemand Neuen einzulassen. Ich musste jetzt noch eine Sache erledigen, um mit meiner Vergangenheit abzuschließen. Dann war ich offen für all das, was das Leben für mich bereit hielt.

Als wir landeten, ging die Sonne auf. Dem Taxifahrer gab ich die Adresse des Zielortes durch. Dort angekommen, drückte ich ihm hundert Euro in die Hand und bat ihn, zu warten. Sichtlich verwirrt schaute er mich an, nickte aber und kramte nach einer Zeitung. So schnell es meinen müden Knochen möglich war, stieg ich aus und ging den Kiesweg hinunter bis zum Eingangstor. Als ich das eiserne Tor öffnete, quietschte es ganz fürchterlich und ich hoffte, dass mich niemand hörte. Ich ging den Weg entlang, bis ich mein Ziel erreicht hatte. Weswegen ich hergekommen war. Das Grab meiner Mutter.

Langsam ging ich in die Hocke und berührte die Granitumfassung des Grabes. Ich hatte die anstrengende Anreise auf mich genommen, um meiner Mutter zu danken. Es war nicht viel, was ich ihr sagen wollte. Doch die wenigen Worte, die ich auf dem Herzen hatte, kamen aus tiefster Seele: „Mama, du hast mich gehen lassen, damit ich ein glückliches Leben führen kann. Du hast deinen eigenen Schmerz über meinen Verlust in Kauf genommen, damit mir keine Schmerzen widerfahren. Mama, ich liebe dich so sehr."

Dann weinte ich wie ein kleines Kind. All die Schuldgefühle, die sich über Jahre in mir angesammelt hatten, fanden endlich einen Weg heraus. Keine Ahnung, wie viel Zeit vergangen war, bis ich einen Schatten neben mir bemerkte.

„Kommen Sie, ich begleite Sie zurück zum Taxi." Es war der nette Taxifahrer. Ich gab ihm meine Hand und ließ mich zum Auto führen. Dann drehte ich mich ein letztes Mal um und lächelte. In diesem Moment öffnete sich der bewölkte Himmel und ein Sonnenstrahl schien auf das Grab meiner Mutter.

Einige Stunden später.

Zuhause in Mallorca angekommen, rief ich Alfredo an und entschuldigte mich dafür, dass ich mich die letzten Stunden nicht gemeldet hatte. Wir waren keine kleinen Kinder mehr, und so nahm er mir mein

Verhalten nicht übel, sondern zeigte Verständnis, obwohl er nichts von meinen Gründen ahnte. Dann verabredeten uns für einen Strandspaziergang am Strand. Schließlich war ich ihm noch eine Antwort schuldig.

"DER ZORN UND KUMMER, DEN
WIR DURCH DIE HANDLUNGEN
DER MENSCHEN EMPFINDEN,
SIND HÄRTER FÜR UNS ALS
DIESE HANDLUNGEN SELBST,
ÜBER DIE WIR UNS ERZÜRNEN
UND BETRÜBEN."

(Marc Aurel)

Wir sind nicht verantwortlich für das was uns
wiederfährt,

aber wir entscheiden selber wie wir damit um-
gehen!

Loslassen oder festhalten?!

## Psychische Gewalt

Häusliche Gewalt ist jedem von uns ein Begriff.
Doch während körperliche Gewalt i. d. R. eindeutig als solche erkennbar ist, ist es – sowohl für die Betroffenen als auch für Außenstehende – viel schwieriger, die anderen Gewaltformen als Gewalt zu erkennen, damit umzugehen, mit den Folgen zu leben und die Erfahrungen zu verarbeiten.

Non-physische Gewalt ist nicht als „weniger schlimm" oder weniger schmerzhaft einzustufen. Zwar kommt es nicht zu unmittelbaren *sichtbaren* Verletzungsfolgen; die entstehenden Belastungsfolgen sind aber ebenso hoch wie die durch andere Gewaltformen.
Partnerschaftsgewalt kann sich nicht nur in dramatischen – und damit von außen erkennbaren – Ausbrüchen, sondern vielmehr auch in vielen kleinen, sukzessive zunehmenden Angriffen auf die Wahrnehmung, das Selbstwertgefühl und die Würde der Betroffenen äußern.
Psychische Gewalt führt im Zeitverlauf nicht zwangsläufig zu körperlicher und/oder sexueller Gewalt, – sie geht dieser aber immer voraus und im Fortgang der Beziehung weiterhin mit dieser einher.
Quelle Internet:
http://www.re-empowerment.de

### Über die Autorin:

Stephanie Hilger wurde 1986 im schönen Bayerischen Wald geboren.
Hier lebt sie auch heute mit ihren zwei Kindern und ihrem Mann.

Seit sie denken kann schreibt sie Gedichte und Kurzgeschichten. Nachdem sie bei einem Wettbewerb in das Werk der Frankfurter Bibliothek, mit den besten Gedichten 2013, aufgenommen wurde, reifte in ihr die Idee, ein Buch zu schreiben.

Ihr erstes Buch „7 Tage" schoss innerhalb einer Woche auf Platz 3 (der Kategorie Lebensführung, Platz 1.415 von insgesamt 1,5 Mil. Bücher in Amazon).

Ihr Anliegen ist es, die Menschen zum nachDENKEN zu bringen.

Mehr über die Autorin:

www.stephanie-hilger.com

und auf facebook.com

Das Buch erzählt die Geschichte einer jungen Mutter. Jessica ist gerade einmal dreißig und bereits 3-fache Mutter.

Sie hat für ihre Kinder alles zurückgestellt, inklusive sich selber. Lange unterdrückt sie ihre Unzufriedenheit, bis plötzlich alles aus ihr herausbricht und sie sich selber ein Ultimatum stellt. Weitermachen wie bisher, oder endlich etwas ändern. Voller Zuversicht entscheidet sie sich für Zweiteres und begibt sich auf eine Reise.

Doch diese Reise wird für Jessica zur emotionalen Zerreißprobe. Sie trifft auf eine geheimnisvolle Frau und auf eine Geschichte, die sie nicht mehr loslässt. Und mit einem Mal verändert sich ihr ganzes Leben.

Leserstimmen: „Ein Buch, das zu Tränen rührt", „Die Autorin spricht mir aus der Seele", „Gänsehaut ab der ersten Seite", „Das emotionalste Buch seit langem", „Eine Geschichte wahrlich zum nachDENKEN" und viele mehr.

In diesem Buch geht es um den Weg, den jeder von uns gehen muss

**Vorschau:**

*Dein Herzschlag in mir*

Eine Geschichte über die Stärkste aller Lieben! Der Mutterliebe. Passend dazu werdet ihr mein 3. Buch pünktlich zum Muttertag in den Händen halten.

Laura ist alleinerziehend und kämpft gerade mit und um ihre pubertierende Tochter. Vergebens versucht sie Zugang zu Jasmins Gedankenwelt zu bekommen. Doch seit dem Abend, an dem sie zu früh, statt wie sonst immer zu spät, von einer Verabredung heimkommt, benimmt sie sich noch seltsamer als sonst. Jeden Tag zieht sie sich mehr zurück, bis sie eines Morgens plötzlich verschwunden ist.
Verzweifelt durchforstet Laura ihr Zimmer, auf der Suche nach etwas, dass ihren Aufenthaltsort preisgibt. Dort stößt sie auf das Tagebuch ihrer Tochter. Wiederwillig öffnet sie es und beginnt zu lesen. Und plötzlich beginnt ein Wettlauf mit der Zeit.

Im Herbst 2015 erscheint mein 4. Buch
zum nachDENKEN